U0540826

诺贝尔文学奖作家文集·塞弗尔特卷

# 紫罗兰

[捷克]雅罗斯拉夫·塞弗尔特/著

星灿/劳白/译

Kytička fialek

漓江出版社
·桂林·

Selected Poems by Jaroslav Seifert

Copyright：ⓒJaroslav Seifert – heirs c/o DILIA

June 2021 by LIJIANG Publishing Limited

桂图登字：20-2020-171

图书在版编目（CIP）数据

紫罗兰 /（捷）雅罗斯拉夫·塞弗尔特著；星灿，劳白译. -- 桂林：漓江出版社，2021.6

（诺贝尔文学奖作家文集. 塞弗尔特卷）

ISBN 978-7-5407-8983-1

I.①紫… II.①雅… ②星… ③劳… III.①诗集 – 捷克斯洛伐克 IV.①I514.25

中国版本图书馆 CIP 数据核字 (2020) 第 245485 号

ZILUOLAN

紫罗兰

[捷克] 雅罗斯拉夫·塞弗尔特　著

星灿　劳白　译

出　版　人：刘迪才
策划编辑：张谦
特约策划：孙精精
责任编辑：张谦
助理编辑：黄彦
书籍设计：石绍康
责任监印：张璐

出版发行：漓江出版社有限公司
社址：广西桂林市南环路 22 号　邮编：541002
发行电话：010-65699511　0773-2583322
传真：010-85891390　0773-2582200
邮购热线：0773-2582200
电子信箱：ljcbs@163.com　微信公众号：lijiangpress
印制：北京中科印刷有限公司
[北京市通州区宋庄工业区 1 号楼 101 号　邮编：101118]
开本：880mm×1230mm　1/32
印张：10.625　字数：240 千字
版次：2021 年 6 月第 1 版　印次：2021 年 6 月第 1 次印刷
书号：ISBN 978-7-5407-8983-1
定价：59.80 元

漓江版图书：版权所有，侵权必究
漓江版图书：如有印装问题，可随时与工厂调换

## 出版说明

"诺贝尔文学奖作家文集"系我社近年长销经典品种,是对二十世纪八九十年代我社品牌图书、刘硕良主编的"获诺贝尔文学奖作家丛书"的继承与发扬,变之前一人一书阵容为每位作家多卷本。如果说老版"诺贝尔"是启蒙版,那么新版就是深入版,既深入作者的内心,也满足读者的深度需求,看上去是小众趣味,影响的是大众阅读倾向。这就是引领的意义,也是漓江版图书一贯的追求。

漓江出版社中外文学编辑部

[捷克]雅罗斯拉夫·塞弗尔特
(Jaroslav Seifert,1901—1986)

塞弗尔特故居

塞弗尔特的墓地

## 作家·作品

　　他的诗富于独创性、新颖、栩栩如生,表现了人的不屈不挠精神和多才多艺的渴求解放的形象。

——1984 年诺贝尔文学奖授奖词

　　他的诗清通、简洁、朴实无华,融进了民歌、平凡的谈话和日常生活的场景。他拒绝那种严肃的风格和早期的形式主义。他用词的特点是笔触轻盈,给人以感官快乐,有音乐性和韵律,那是一种有生气的独创性与怜悯,甚至悲怆互相交错着的幽然。他这些艺术特点一直延续至今。然而,他并非一个幼稚的艺术家,他是一个有着不寻常的广阔的文体领域的诗人。早年,他就与当代欧洲的现代主义有了接触,特别是法国的超现实主义及达达派。他还是一位韵律复杂和押韵传统诗歌形式的优秀大师。对于措辞激烈、有力的民歌和十四行诗高超的技巧,他都运用自如。

——瑞典文学院常任秘书拉尔斯·吉伦斯顿

　　可以说,诗歌主义的部分主张影响并贯穿了塞弗尔特整个一生的生活和创作。了解了诗歌主义,我们便很容易进入他的诗歌世界和内心世界。正是在诗歌主义的直接影响下,塞弗尔特很早就确定了这样的诗歌野心:要写尽世上一切的美。

——《世界文学》主编高兴

# 目　录 / Contents

## 译本前言

001 ／读塞弗尔特诗选／绿原

## 泪　城（1921）

003 ／一名断臂士兵的独白
007 ／人群之声
010 ／城郊的孩子们
012 ／军人墓地上
016 ／罪恶的城市
017 ／泪　城
019 ／创世纪
023 ／充满勇气和信念的诗歌
026 ／最恭顺的诗

## 全是爱（1923）

029 ／世间万般美

## 无线电波（1925）

035 / 咖啡馆的夜晚

037 / 方形镜子

038 / 诗的冰淇淋

039 / 灯　泡

040 / 扇　子

041 / 拿破仑

042 / 爱　情

043 / 乐声荡漾的咖啡馆

045 / 雅诺夫城的坟地

## 夜莺唱得真难听（1926）

049 / 全　景

051 / 悲伤曲

054 / 三颗苦涩的果核籽

059 / 列　宁

## 信　鸽（1929）

067 / 一支歌

068 / 悲　曲

071 / 诗　句

073 / 葡萄酒与光阴

075 / 永远永远

077 / 没有翅膀

080 / 第十一个春天
082 / 鼓　声
085 / 白昼、黑夜、时光
089 / 扑克牌与小步舞曲

**裙兜里的苹果**（1933）

095 / 柳条哨歌
096 / 含羞草
097 / 火花之雨
099 / 对　话
100 / 失败的天使
101 / 千百次徒劳
103 / 变
105 / 窗下葬礼

**维纳斯的手**（1936）

109 / 玫瑰色
110 / 维纳斯的手
112 / 诗的一位女读者
114 / 野罂粟
115 / 1934 年

**别了，春天**（1937）

119 / 别了，春天！

120 / 爱之歌

122 / 正　月

123 / 二　月

124 / 三　月

125 / 四　月

126 / 五　月

127 / 六　月

128 / 七　月

129 / 八　月

130 / 九　月

131 / 十　月

132 / 十一月

133 / 十二月

134 / 百花争艳的布拉格

## 把灯熄掉（1938）

139 / 故乡之歌

140 / 布拉格穿上了黑服

143 / 一九三八年九月三十日

145 / 把灯熄掉！

147 / 歌唱战争结束

## 石　桥（1944）

151 / 在鲜花盛开的林中

## 泥 盔（1945）

155 / 利吉采的死者们
158 / 布拉格起义
160 / 在喜庆的日子里

## 穷画家到世间（1949）

165 / 与云彩对话
167 / 秋 天
169 / 夜

## 妈 妈（1954）

173 / 窗 旁
174 / 给妈妈的第一封信
176 / 妈妈的歌
178 / 牵牛花
179 / 小提琴
182 / 扇 子
185 / 妈妈的镜子
188 / 紫罗兰花

## 少年与星星（1956）

193 / 少年与星星

196 / 水井·小鹅

## 岛上音乐会（1965）

199 / 镜子之歌
201 / 关于女人的歌
203 / 关于战争的歌

## 钟的铸造（1967）

207 / 钟的铸造

## 皮卡迪利的伞（1979）

211 / 自　传
214 / 圣母玛利亚的头像
218 / 皮卡迪利的伞
223 / 诗人们的恋人
226 / 装着核桃的盘子

## 避瘟柱（1981）

231 / 鬼怪的喊叫
232 / 朝圣地（第一首）
233 / 朝圣地（第七首）
234 / 渠畔花园（第一首）

235 / 渠畔花园（第三首）

236 / 夜深沉

238 / 别　了

## 身为诗人（1983）

243 / 壁挂题诗

245 / 渴望女神

248 / 卡罗维·瓦利的柱廊

251 / 小夜曲重奏

262 / 紫色的雨点

265 / 致弗拉吉米尔·霍兰

270 / 春天的眩晕

272 / 梦中的布拉格

## 附　录

281 / 授奖词

285 / 悼词·唁函

286 / "我为能够感到自由而写作"

292 / 世间万般美

298 / 塞弗尔特生平与创作年表

305 / 再版后记

309 / 新版编辑后记

# 译本前言

### 读塞弗尔特诗选
绿原

译者星灿同志作为捷克文学研究者,有理由对我这样说:"直接读读他的作品吧,且不管他得过什么奖,或者为什么得奖。"她大概知道,单说这位诗人是一九八四年诺贝尔文学奖的荣膺者,是未必会助长我的兴致的。

不过,获得这项文学奖的作家中间,倒有不少人一直受到我的敬重和热爱,即使他们并没有偶然享有这一份荣誉。难却译者的盛意,我把她译的这位诗人的选集原稿通读了几遍。果然,他同样引起了我的敬重和热爱,即使他同样并没有偶然享有这一份荣誉。

我对捷克文学所知甚少,以前也并不熟悉这位诗人。关于他的身世、交游及其在捷克文学史中的地位,应由译者另行介绍。我这里只想就诗本身说几句话。

一般说,诗人就像植物界的花卉一样,离不开它赖以吸取营养的土壤、气候和季节,这些重要的客观因素直接关系到它的盛衰荣枯。所以,花卉是娇贵的,诗人也是娇贵的。但,似乎也有一些并不娇贵的奇花异草,凭仗其与众不同的艺术胚芽,及其尚未为人所详知的内在生长规律,能够越过外部的时空限制,在任何允许进行光合作用的环境下开放下去。不知可否举抗旱的仙人掌或者御寒的雪莲为例,好在这不过是借喻诗人而已。这样的诗人和这样的艺术家一样,其生命力的奥秘看来只寓于他自己的作品中,只寓于他依据其内在规律而自发产生的全部作品中。因此，要真正认识这样的诗人或艺术家，也只能通过他的作品，最好是通过他的全部作品，似不必汲汲于借助任何外部的因缘。我想说，本书作者雅罗斯拉夫·塞弗尔特正是这样一位诗人。

一般说，诗人的创作生命是短促的，有如植物的花期。有的诗人开花早，有的开花迟。无论迟早，花期的作品是最好的、最真的、最能表现诗人之为这一位诗人的本色的。过了花期，尽管作者怎样不服老，新作怎样多，怎样显示了"纯熟的技巧"，往往不过是一首首人工的绢花，从而往往不足观，这也是没有办法的事。但，似乎也有一些诗人并不尽然，他们的花期就是他们作为诗人的一生——一旦成熟，进入花期，如果没有出现摧折性的客观因素，他们将连绵不绝地盛开下去，直至生命终结。我想说，本书作者雅罗斯拉夫·塞弗尔特正是这样一位诗人。

译者从诗人的全部诗作中，按照编年方式，译出这一本虽非全豹，亦远胜于一斑的选集，献给了读者。且让我们通过这本选集，检阅一下作者从一九二一年到一九八三年这六十余年间在不断的探索与变化中从不失其诗人本色的创作历程。

诗人生于二十世纪的第一年（1901），少年时期经历了奥匈帝国的统一、第一次世界大战、民族独立和俄国十月革命，一出手就是《泪城》《罪恶的城市》《人群之声》《最恭顺的诗》……这些主动献身于群体的外向的诗篇，不能说周围社会政治的剧烈变动对于诗人的幼小心灵没有过感召作用。他当时坚信并歌颂"自爱的人群"的力量："倘若我们愿意，对着太阳一啐，／太阳定将熄灭。"他自豪而又自谦地说："在革命斗争中我是第一个开枪射击的人，／但也是第一个跪下去给伤员包扎伤口／倒下去的人。／……我只不过是一名／对民众恭顺而忠诚的／诗人。"可以看出，诗人的青春的脉息是直接为他所处的不平等的社会生活和反抗这种不平等的革命斗争而跳动的。但是，即使这样，我们同时仍然感到，这是一位温情甚于愤怒的诗人。例如，在《罪恶的城市》中，上帝为这座城市的累累罪恶大发雷霆，一百次下决心要对它进行报复，却又一百次饶恕了它——为什么呢？只因他（不知是上帝呢还是诗人自己）看到"一对恋人走过春天的果园，/饱吸着山楂花的馨香清甜"。这一点足以销铄愤怒的温情，将贯注诗人的一生，使他终究有别于我们所熟悉的另两位东欧诗人裴多菲和伏契克。但是，诗人性格的区别又是不能绝对化的。记得当年，纳粹特务为了使被囚的伏契克屈服，曾经试图拿物质生活来诱惑他——把他带到了监狱外面的公园里，对他说："你爱布拉格，就看看它吧，你难道不想回到这儿来吗？"夏天的傍晚，布拉格为淡蓝的轻烟笼罩着，像葡萄酒一样醉人。……然而，伏契克徐徐回答道："如果这儿没有你们，它会变得更美丽。"这形成对照的两个场面，我们可以说，归根到底反映了塞弗尔特和伏契克一样，都是爱人的，爱人的生活的。

到二十年代后期，捷克文学随着西欧文学思潮一度经历了剧变，为达达主义、未来主义、超现实主义等流派提供了试验田，诗人身上这时也明显地出现了为艺术而艺术的创作倾向。当年《泪城》的明朗而炽烈的风格，连同发展这一风格的传统的抒情手法，一齐遭到了摒弃。酒、女性、扇子、方形镜、扑克牌、咖啡馆以及其他一些怪诞的意象吸引了作者的诗兴。可举《爱情》这首诗为例："即将死于霍乱的人们／吐出铃兰花香，／吸进铃兰花香的人们／即将死于爱情。"这样的诗不可能也不需要按常情来理解，但却可以感悟——我们从中正感悟出诗人对于"世纪末"的颓废美的转移和追求，这就是他的所谓纯诗时期。所谓纯诗，无非借助语言的乱反射功能，以自身为目的，排斥伦理、社会及其他说教目的的考虑，而将自我从现实生活引退出来，隐藏在一些通过冥思苦想而与众不同的、涂满悲观色彩的意象和象征之中。于是,诗在诗人手中从武器变成了玩具,变成了想象力的游戏。用他自己的话说,他正要"用烟斗里冒出来的烟来修筑城堡,编织我孤独的蜘蛛网"。值得注意的是,这期间他破格写了一首《列宁》,悼念他当年曾经奉若神明的革命导师。这首诗并不着意渲染作者实有的悲痛心情,而是把一些冷淡的、不相干的形象拼凑在一起,构成几幅莫测高深的阴暗画面,直到篇末才发出这样乏力的一叹:"为这世界的悲痛,/我亲爱的诗人啊,/夜莺唱得真难听!"应当说,和其他同类题材的诗作(不妨举马雅可夫斯基的同名悼诗为例)相比,这首诗算不上成功之作;甚至还不妨武断一下,作者在这里期望于读者的,不就是通过"夜莺"和"难听"这两个对立性词语的俏皮的缀合,对通俗的鉴赏力产生一种爆破效果吗?这样说,没有贬低作者创作劳动的意思。诗人作为诗人,有权利在创作上进行各种方向的探索。我不过想说,特定的创作方法只适应特定的主观感情,任何一种创作方法并不适应任何一种主观感情,反之亦然。而诗人作为真正的诗人,在艰苦而顽强的探索过程中,他不会停留,更不会退缩,不会重复自己,更不会模仿别人,他一定会有所发现,有所突破,有所超越,从而进入又一个柳暗花明的境地——雅罗斯拉夫·塞弗尔特正是这样一位真正的诗人。

诗人多愁、善感、易变,不仅是单方面的主观因素使然。到三十年代后期,世事如白云苍狗,大故迭起,人类几乎没有自由选择:诗人的祖国经过慕尼黑协定的国际阴谋,沦陷在纳粹党徒的铁蹄之下;诗人的同胞在地下组织起抵抗运动,其中就有前面提到的伏契克。面临如此严峻的局面,以诗为游戏的雅兴对于一位真正的诗人简直是不可思议的。这期间,诗人的赤子之心不需要任何装扮或修饰,他写出了《布拉格穿上了黑服》,对着"凄凉而丧气"的首都悲恸地呼喊:"我无法将你辨认,/……我怎么也无法将你辨认";写出了《故乡之歌》,

通过"莫德拉瓷罐上的一朵小花",寄托自己对祖国的哀思;写出了《一九三八年九月三十日》,以告别"清泉"的温存方式,鼓舞同胞让云雀的歌声引领向前,面对国际帝国主义出卖捷克斯洛伐克人民利益的可耻阴谋,"不悲恸也不气馁。当一个未实现的梦突然毁灭,另一个更美好的梦必将出现"。我们还想再读一些诗人这个时期的作品,看看他怎样必然而自觉地走出个人的内心世界,和亲爱的人民一起战斗,怎样必然而自觉地拿不可丧失的艺术来应接不可回避的政治。可惜这个痛苦时期的两部著名诗集《石桥》(1944)和《泥盔》(1945)选得较少,我们还很难说对诗人有深切的了解。不过,诗人的柔弱气质,一贯为温情所摄护,到了酷烈的战斗年月,终于使他成不了伏契克,而只能成为他自己——祈祷"甜美的时刻停一停"的爱国主义诗人雅罗斯拉夫·塞弗尔特,这也是在已经选译的几首诗中不难看出的。

然而,"甜美的"或者痛苦的时刻是不会停留的,诗人匆匆跨入了中年。在祖国解放以后的新时期,他对自己的创作劳动有了更深沉的思考,青年时期以朦胧、晦涩为美的试验早已结束,一度有过的强烈而浮泛的政治情绪也逐渐淡化,从而转入了更真诚、更严肃的艺术实践。五十年代,他写了一组爱情叙事诗《维克托尔卡之歌》(1950)和一部获得国家奖金的诗集《妈妈》(1954)。我们虽未读到《维克托尔卡之歌》的译文,但知道它是根据聂姆佐娃的名著《外祖母》中的章节改写的一部甘泪卿式的原型悲剧。这类原型悲剧一再出现在不同时期、不同国度的文学中,我想未尝不可按照卡尔·荣格的"集体无意识"理论来加以解释,否则连神话和童话都很难懂了。值得我们反复吟诵而不需要任何解释的,倒是后一部,或许是作者最好的一部诗集《妈妈》。作者在这里不借助任何新奇的想象或精巧的辞藻,单凭他的诚挚到能与人人交流的人之子的感情,单以平易的日常语言为手段,为我们留下了一幅幅一位劳动者母亲的动人形象。妈妈有一次在窗旁迎着春花落泪,问她为什么,她说"我会告诉你的,会告诉你,/等到有一天,树儿不再开花";又一次她在窗旁望着飞雪落泪,问她为什么,她说"我会告诉你的,会告诉你,/等到有一天,不再大雪茫茫"……妈妈平日省吃俭用,总是叮嘱"我"不要乱花钱。一天,"我"硬要她收下为她买的一束紫罗兰花,她却用亲吻回报"我":"儿啊,我已经老了。"不小心把花瓶打碎了,她便用个小芥末瓶把那姣美的花束插养起来。到妈妈的脸颊蒙上了白布,手脚僵硬冰凉,"我"想把花束放在她的手中,她的指头却紧扣着不能松开。……妈妈有一面椭圆金框、剥落了水银的小镜子,她半辈子对着它梳理头发,一边梳一边回忆逝去的青春年华;妈妈的头发斑白了,她再也不照镜子,每当有人敲门,她系着一块黑土布围裙,便匆匆走去;如今妈妈已经不再来紧握"我"的手掌,那面镜子仍旧挂在墙上,可"我"看不清它了,只因泪水盈眶。……我想,人人都会承认,语言在这样的诗中没有任何别的目的,只是用来掘发生活中本来就有的诗意。用这样的语言写出来的这样的诗,无论译成别的什么语言,无论让什么样的读者来读,我相信,没有一个不会心心相印而击节叹赏:这才是真正的纯诗啊!

接着沉默了十年,诗人开始步入老境。照说,花期将尽,他在创作事业上不过欠缺最后的一两笔;想不到他重返诗坛后,仍给久违的读者接连送出了《岛上音乐会》《钟的铸造》《皮卡迪利的伞》《避瘟柱》等好几部似曾相识的新作。这里一如既往地缠绵着对女性的恋慕和尊重:"我酷爱诗歌……可是只有当我第一次看到/女性的形体画时,/我才开始相信奇迹。""若是让女人来/操作大炮,/落到人世间的/只能是玫瑰。"因此,一定要"把战争掐死!/好让妇女能够欢笑"。同时,经过苦涩的世故,这里还凝聚着人生少见的幽默感,如在《皮卡迪利的伞》中,他微笑着说:"谁若对爱情不知所从,/就让他去爱上——/比如说英国女王。/那有什么不可以呢?/她的肖像印在每一张/古老王国的邮票上。/但他若是请她/到海德公园相会,/我敢担保/他准会空等一场。"这些明白如话的诗句,蕴藉颇深地表现了作者一生无所不爱又不得所爱而又不忘所爱的悲哀。但诗人老去仍不失其为诗人,则在于下一句更其悲哀的自嘲:"如果他稍微有点头脑,/就会聪明地说:/喏,我本来就知道,/海德公园今天下雨。"

然而,诗人毕竟垂垂老矣,更多的是对死亡的惶惑、疑虑和叹息。如"直到晚年我才学会/爱上寂静……有一天夜里在坟场上,/我听到了,墓穴深处,/棺材崩裂"(《渠畔花园》第一首);如"死亡是腐烂的姊妹,/是毁灭与空虚的使者,/她的手将坟墓这重荷/压在每个人的胸上。/然而,死亡只不过是/钢笔画掉的片刻,/仅此而已"(《诗人们的恋人》);又如"我尚有余生片刻,/用来写完这几句诗,/可是,当我一想起漫长的黑夜时光,/便觉为时已经太晚"(《夜深沉》)。死亡作为"永恒的主题"之一,表现在历代诗人的笔下,或者是哲学家式的明智,或者是战士式的轻蔑,或者是常人式的对短促人生的流连。我们慨然发现,这位诗人即使在死亡面前,也没有丧失其为诗人的本色:他回顾自己一生,一方面觉得写得太少,一方面又幸福地感到心安:"给这世上的亿万句诗,/我只添了寥寥几行。/它们不比蟋蟀的歌儿高明多少,/这我知道。原谅我吧,/我即将收场。/……有时候,我的诗句愚蠢得/羞于见人。//但是,我并不因此请求原谅。/我深信:寻求美的词句/总比杀戮和谋害/要强!"

一九八六年元月,诗人逝世了。三年前,他留下了《身为诗人》这最后一本遗嘱式的诗集。他说,他将告别鸟儿的歌声、花儿的芳香,并觉得这些自然之诗才"几乎是我值得为之活着的/一切"。在《致弗拉吉米尔·霍兰》中,他历数了亡故诗友的业绩和友谊,羡慕他们的"永逝"是"在残花铺盖的幽静角落里的/一种休憩",不禁为自己"寿命最长"而感到悲伤。作为一种回光返照的现象，诗人在《梦中的布拉格》中回顾了他所走过的每一条"亲切的小路"，仿佛"拖着沉重的行李／匆忙返回了故乡。／我想念布拉格呀，／至死留在她的身旁"。诗人是真诚的，诗人从之脱胎的人民是真诚的，无论他有怎样一个流浪的灵魂，无论他生前有过怎样的痛苦和悲伤，至死也要留在生他养他的故乡身旁。

我们匆匆检阅了雅罗斯拉夫·塞弗尔特的整个创作生涯。我只想说，诗人的一生就是一首诗，一首富有自己独特风格的诗。正如不能从一行两行来鉴定一首诗，人们也不能从一首两首或一本两本诗集来鉴定诗人的一生。塞弗尔特的一生充满了惊异、探索、变化、发现、转折和回归。但是，始终不渝的是他为了报效祖国人民的春风化雨而顽强追求艺术个性的诗人良心。他从少年时期为革命而歌转向以诗为游戏，随即转向对祖国故乡的依恋，对传统文化的认同，对母爱的歌颂——这一切变化及其成败得失，尽管包含各个时期的客观因素，却无不发自诗人的内心，无不表现了他当时内心的真实，绝不是简单地服从于任何外在的律令。塞弗尔特不是超凡入圣的英雄，而是一个和我们一样充满平凡的喜怒哀乐的常人；他不是以诗歌为武器的战士，而是一个以与人民心心相印为自己的艺术理想的诗人。他超越时空限制而赢得后人和外人的尊重与热爱，绝不是由于他不意得到的任何把他和我们常人分开的荣誉，而是由于他的至今能以我们常人得以契合、交融的纯朴感情而感动我们的诗句和歌声。

是不是这样呢，饱经沧桑的读者？

1986 年 8 月 17 日　北京

# 泪 城

(1921)

## 一名断臂士兵的独白

突然，有一天，

我在大夫的怀里晕死过去。

我备受煎熬的生命遭到了奇袭：

罪恶的矛头刺中了我的胸膛，

他们用手，那白皙的手

使我的身躯失掉臂膀。

我在冰凉的墓穴里睡了两天，

可是到第三天，我又从尸体堆中坐起。

我面如闪电，

尸布如同覆雪，

赤身躺在垫子上面。

头顶上的太阳，

仿佛我的一圈灵光。

我的眼睛有如上帝的那般明亮。

可是，在那不幸的一天，

我那双好端端的手

终于死亡。

站在我身旁的一位夫人，
两眼充满忧伤；
她仿佛在爱恋着我，
同情地对我微笑。

我却严肃地对她说：夫人，
双手本为上帝所赐，
双手仍由上帝收回，
让他的名字永被人们赞美。
我从不诅咒命运，
千辛万苦我都尝尽。
蒙上帝开恩我将熬过这一关，
可不愿为这事来伤透脑筋。

只是有时候，
当迷人的姑娘从我身边走过，
我的眼里忍不住闪现着泪花，
将你们——我的手啊

我健壮的左手，右手
深深牵挂。

直到有一回，
我记不清是哪一天，可能是闹罢工，
人们又一次拥上了街头。
我想，那回人们并非为了夺取财物，
他们从来无心奢求。
他们只想向上帝和人民诉说：
戴着戒指的手怎样为非作歹，
卡住他们的咽喉；
他们只想申诉自己的贫穷。
突然，六十名巡警
冲进了他们的队伍中。

人们直言不讳地对巡警说这既不人道，
也不民主，
他们这样无故地殴打人们，
亏他们不知羞耻。
石头路面邦邦硬，

岂容得这种不平?!

瞧!

人群愤慨激昂,

块块石头掷在警察的身上。

这时,我才第一次地

无比惋惜我那心爱的双手。

是那火烫的手榴弹

将你们从我身上夺走。

## 人群之声

我们是

倾泻到街心的

自爱的人群;

我们是躯体汇成的瀑布,

沸腾的激情;

我们是街巷中翻起泡沫的葡萄酒,

我们是大海,

四方溢流。

我们是人群,

是头颅千万颗,

猛捶这王国大门的

千万双手;

我们是超越一切奇迹的奇迹!

我们兴高采烈,

赤手空拳

创造整个世界。

在我们上方拱起的街道,

是红海石化的波涛。

摩西神手一挥将它分成两半①,

这是上帝的旨意。

让他的人马脚不沾水,

到达彼岸。

甲胄锃亮的敌人却遭了殃,

统统淹没海中。

他们诅咒着

法老,

惨遭这没顶之灾。


我们是人群,

是地球裂缝里喷出的火焰,

这火焰越烧越旺,

成为热情与力量的熊熊烈火;

我们是乌云,

---

① 据《圣经》故事,摩西在率领以色列人逃离埃及时,有一天来到红海边,海水挡住了他们的去路,摩西根据耶和华的授意,举杖分开海水,辟出一条旱路,以色列人顺利到达彼岸。法老令埃及将士紧追,走到旱路中间时,摩西再次举起手杖,海水合拢,旱道消失,埃及追兵覆没海中。

伴着电闪雷鸣在黑暗中轰隆；
我们是装满愤怒的爆筒，
在关键时刻定将炸裂；
我们是人群！

倘若我们愿意，对着太阳一啐，
太阳定将熄灭。

## 城郊的孩子们

一间大病房里,
护士们犹如舞蹈演员
在一个个装着头盖骨的瓶子间,
在一堆堆燃烧着病痛的火焰间跳舞。
我们这些城郊的孩子,
脸色苍白,半裸着身体,
病魔已将我们制服。
城郊的贫困压在我们心上,
扇扇窗门却用陌生难懂的语言
对我们诉说着幸福。

大夫戴着眼镜来到我们跟前,
他们的笑容顿时在镜片后面消失。
(这是一副蒙蔽人的眼镜,
也许,它还是不祥的标志)
一见我们忧伤的目光,他的手在颤抖,
面容异常地愁苦。

可是，当他这般和善温柔地
抚摸我们，
真的，我仿佛觉得：
他就是朗特涅①大师，高超的小提琴手，
我们就像一把把枫木制成的小提琴。
他随便用我们中间的哪一把
都能奏出一首欢乐或忧伤的生命之歌。

他逐个儿聆听了我们的声音，
当他发现：哪支歌儿也没拉准，
　　　　　把把琴儿都已损坏走调，
便将我们仔细敲打一遍，
在我们的根根肋骨之弦上轻声地演奏着，
唱着：
啊——啊——
小伙子，快快把病治好。
待到全世界各城的大街小巷都开起音乐会，
你们就可以去演奏总谱中的
　　　　　红色交响乐。

这一天啊，一定来到！

---

① 相传是古代布拉格的一位著名琴师。

## 军人墓地上

春天紫罗兰吐艳,
秋日石南花开放。
今天,当我和我心爱的人
　　——她头戴玫瑰花巾,
　　手捧法兰西菊,
漫步在墓地的小路上,
深深播在我心田的
回忆
绽开飘香。

当我看到竖立在这四周的
排排十字架,
仿佛忘记自己是在相爱。
我们谈的不是爱情,
而是这些死去的人。
倘若这里所有的长眠者,
都祈祷苍天,

赐予他们少许的爱和怜悯,
这天宇会因祈祷的重荷而裂开,
太阳会突然坠落,熄灭;
陨落的星星将颤抖着
失去光焰,
一切都会跌落到地面
房屋、街道、青草、花丛之间,
为了恋人们的爱,
为了罪人们作的孽。

幸好大家都已沉默,
倒下,
让自己死去。
当从他们的手里
抽出那尚未冷却的刺刀,
再去交给第二个人,第三个人,第四个人,
他们仍然沉默。

我心爱的人儿扯下几片法兰西菊叶,
嘴里卜算着:爱我,不爱……

我却在思考着,这严峻的石雕像
意味着什么。
我像对所有圣人念叨什么似的,
读着用金字书写的死者名字,
恳求他们在天上
为我们说情,
在我们需要力量的时候。

我本知道,有一天,将出现伟大的奇迹,
死者将复活站起,
拉古斯·托扬,
达德乌斯·迪亚克,
巴塞拉乌·恰莱斯,
斐德列戈里·西里维奥,
捷霍诺维支·叶姆·塞姆约诺维支,
卡萨卡尔·格奥格,
波科尔尼·弗朗季谢克,
所有的人,这坟地四周所有的人,
只待天使一声喊叫,
他们就会迎面站起,

他们不会再去互相寻找

那藏在外衣下面的致心脏于死命的地方,

而是扑进对方的怀抱,

彼此亲吻着额头,

友好地紧紧握手。

**罪恶的城市**

厂主、富翁、野蛮拳击家的城市,
发明家、工程师的城市,
将军、商人和爱国诗人的城市,
它的累累罪恶使上帝的愤怒超过了极限,
他大发雷霆,
下了一百次决心要对它进行报复。
他降下夹着炸雷的暴雨和烈火,
但又一百次地饶恕了它,
因为他每次都记起了曾经许过的诺言:
为了两个正直的人,他绝不毁灭这城市。
不履行诺言将会使上帝感到痛苦。

一对恋人走过春天的果园,
饱吸着山楂花的馨香清甜。

## 泪 城

倘若世界能出现这般奇迹:
穷人的眼泪汇成滚滚江河,
这苦咸的泪水
准能把工厂、银行和宫殿冲走,
　　把街道、广场统统淹没;
这不停的哭声
准能把这座城市摧毁,
　　让它成为一堆夜半狼嗥的废墟瓦砾。
但愿耶利米圣人再现,
为这座城市痛哭悲歌。[①]

人皆有心,即使是一颗残酷的心
也会有它宽恕一切的惬意时刻。
我虽满怀忧伤,他人痛苦更甚。
我的生命之城,欢乐之城,悲痛之城啊,

---

① 据《圣经·旧约》,公元前586年,耶路撒冷城被摧毁时,希伯来预言家耶利米曾为之痛哭悲歌。

我没有别的办法,

只好原谅、宽恕你的一切。

铮铮铁骨的人们,

怀着深沉的信念:

铲除不平的光辉时刻一定来到,

痛苦将变成欢乐。

就为了这个明天,

我真想今天就宽恕你,我的城市,街道和屋宇。

可是啊,即使我更加百倍地热爱你,

也不能宽恕你!

你那高耸入云的塔尖、瞭望台和烟囱,

竟然不给鸟儿留下栖息的地方。

我的智慧之心,

和风尘途中的鸟儿贴得更近。

让铁翼高高地飞向云端,

直上勃朗峰①和珠穆朗玛之巅!

---

① 阿尔卑斯山脉的最高峰。

## 创世纪

大地将变得荒芜,凄凉,
云雀将透过星星的筛孔掉进穹苍,
不再把歌儿唱,
星星将扯起雾茫茫的帷幔,太阳不再发光;
严寒将毁尽园中畏冷的花木,
我们再也见不到头顶上的蓝天;
菩提花儿再也不会像往昔那样开放,
山间不再有清泉,
只有小股电流走在电线上;
花儿不再散发香味,
毒瓦斯布满大街小巷。
然而,复仇的念头,
如同上帝的灵魂,
将在深渊的上空,
被魔法指变为铁和悲伤的城市上空,
被机器声响震得摇晃的工厂上空
高高翱翔。

在我们到来之前,

在我们的力量与复仇的念头汇合之前,

我们将以万能的行动创造一个新世界。

然后才会出一个新的太阳,

它可不是诗人们的玩物,一只金盘,一个火轮,

而是太阳!

我们要将大海与陆地分开,

我们将编织出唯一的一面旗子,让它在

五洲四海的船舶上飘扬。

我们将化剑炮为犁耙,

让它们在这块神圣的土地上重新划出道道犁沟:

我们将涨大了的种子撒在垄里,

让它再开花结果,人人吃到当地的面包。

我们将拆毁火药库,铲平碉堡,

造起一座新的教堂。

那里没有上帝,没有长着闪光翅膀的天使,

那里人人都是上帝,自己主宰自己,

仍然需要劳动——可是这回的劳动神圣而美好。

机器、榔头和凿子一齐鸣响。

这歌声由深处响彻每一座城市,

仿佛炽烈的祷告。

到第六天,

恋人们重又漫步在暮色中寂静的小道上。

姑娘手捧鲜花,

她将用它编成五彩缤纷的花环,

她自己也将像三月里翻松的土地一样芳香。

这土地等待着播下生机盎然的甜蜜种子,

还没等你数清大熊星座有几颗银星,

富有魅力而又朴质的爱情

已经朝她的犁沟播下珍贵的种子,

它将茁壮成长。

第七天,

七色彩虹拱在天上,

铃兰花的情爱充满胸膛,

被新奇事物弄得疲惫不堪的少女们,

休息了。

让第七天像节日一样!

让机器沉默，斧头不再发出声响，
让所有小提琴都演奏起来，
让横笛吹出的歌儿柔美、欢畅，
让第七天变成节日，
从这一天起直到世界末日，永远这样。

## 充满勇气和信念的诗歌

我知道,你温柔、稚气,

有着一颗善良的心。

我知道,你的荣耀,

   生活的荣耀在哪里。

是吧?你希望自己的生活

宁静和安逸。

你希望有间小巧玲珑的厨房,

像飞穿云际的鸽子那样洁白静寂,

墙上挂着黄铜器皿,光亮得

让你能照见自己,照见你的美,你青春的魅力。

窗上挂着玫瑰的帷幔,

花盆里鲜花吐艳,

从早到晚

芳香四溢。

是吧?也许这就是你的充满微笑的王国,

  也许这就是你祈求的天地。

它宁静,像晨曦中村间院落的星期天,

它单纯,像你刚过二十的青春年华。

当你捣碎着糖块、肉桂和罂粟籽,

钵里的捣研声如同塔上的钟铃,

窗外枝头的小鸟

却在黎明时清新的空气中

唱着自己的歌

对吧?这多么值得庆喜!

可是我,暴风雨年代的儿子,

也许称得上男子汉,也许只是个年少的孩儿。

我在往事的河床中浸湿双手,

时光流逝得飞快。

我像原野的春风,

当天空一片蔚蓝,

当紫罗兰悄悄开花,河上的冰块崩裂,

我像春风飞越大地,

惊讶地停留在

第一朵春花上。

这就是你呀,我的爱。

可是今天,我用肘膀徒劳地反抗命运,

什么也无法拯救我,

因为梦,伟大的梦以它的荣光

引诱着我脆弱的心。

我站在欧洲的掌心中,那里成千上万的人在受难,

等待着有一天出现奇迹,

坚硬的石板地面喷出鲜血,

第一批伤员献出生命,

我,大众的一员,

将挺立在街头战垒上

高歌不停。

我知道,你温柔、稚气,

有着一颗善良的心。

亲爱的姑娘,恭顺地扑到

我的怀里,

可是我,我不,我不愿,不愿让你……

别了,莫悲戚!

瞧,百合、玫瑰和雏菊争芳竞妍,

别了,

在我临死时,请你再来看我一次,我请求你!

## 最恭顺的诗

我屹立高山,
摊开双手,俯视城市,
如同一位指路的先知
为穷人指出伟大光辉的明天。
我是一位拯救人于绝望中的圣贤,
我手里拿着鲜花,它永不凋谢。
在革命斗争中我是第一个开枪射击的人,
但也是第一个跪下去给伤员包扎伤口
倒下去的人。
我奇异如上帝,
威慑如神明;
我胜过上帝,
远远超越神明。
然而,我只不过是一名
对民众恭顺而忠诚的
诗人,
雅罗斯拉夫·塞弗尔特。

# 全是爱
(1923)

## 世间万般美

傍晚,路灯在漆黑的夜空中闪亮,
如同广告上黑色字母中美丽的芭蕾舞女郎;
银灰色的飞机像鸽子般愈来愈低地俯冲,
诗人独立花丛自我欣赏。
诗人啊,同星星一道泯灭,与鲜花一起凋谢吧!
今天已经不再有人将你怀念,
你的艺术,你的荣耀永远消亡,
因为它如同献在坟上的花束一样。
迅猛飞向星星的铁翼,
取代你而歌声铿锵响亮,
多美丽啊!真仿佛街上各家各户的五彩电花,
比花圃中的鲜花更加漂亮。
我们为自己的诗歌找到了崭新的美!
月亮,你这即将燃尽的痴梦的孤岛啊,熄灭吧!
琴声啊,沉默吧!汽车喇叭啊,鸣叫吧!
让十字路口的人突然走入梦乡。
铁翼啊,像夜莺一样唱支黄昏曲吧,

芭蕾舞女们，在广告的黑色字母中尽情地跳吧！

让太阳熄灭，塔上光芒四射的探照灯

定会将新的火焰般的白昼投到街上。

坠落的星星挂在瞭望台的铁架上，

今天，我们在银幕前做了一场最美的梦：

工程师在辽阔的俄罗斯平原建起大桥，

火车可以高高地跨越河水，

摩天大楼顶上灯火辉煌。

我们只顾漫步，想不起来朗诵诗歌，

像祈祷时的念珠在瘦骨嶙峋的指间挪动，

一天爬上成百层楼房，

俯视下面，世间的一切美啊，让你眼福饱享。

昨日尚被人们视为神圣的艺术，

一下变成了普通之物，

今日最美的图画不由任何人画出，

街道就是横笛，从早到晚吹奏着它自己的歌曲，

铁翼在城市上空，朝着群星高高飞翔。

啊，别了，让我们这些虚构出来的美离去吧！

巡洋舰驶向遥远的宽阔的大海。
缪斯女神啊,从苦闷中撒开你的长发吧!
艺术已经死亡,一个没有艺术的世界照样活得
　　自在。

就连这只小蝴蝶也拥有更多的真理。
它从啃了诗集的蛹里站出来,
飞向太阳,
这也比诗人写在书上的诗
要强!

这是事实,否认不了。

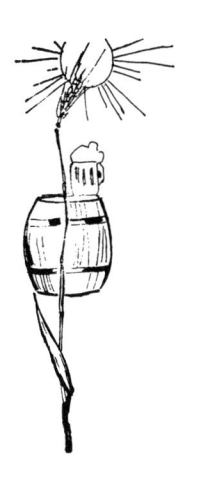

# 无线电波[*]

(1925)

---

[*] 1938年再版时改名为《蜜月行》。

## 咖啡馆的夜晚

莎乐美[①]公主啊！你带着我的梦幻漫步，
我在酒杯和葡萄酒间看到你的发姿。
多么幸福啊，身为诗人，
一位有着奇特眼睛的诗人！

招待员用银盘端着自己的头颅。

我像沙漠中的老鼠，想从这世界消失，
红船桅杆上的旗子漂到哪里去了？
既然我在这里如此般的苦闷，
连歌声也无法把死去的舞女唤醒，
为何还说锚是希望的标志？

一名戴着光亮的玫瑰面具的黑人，

---

[①] 据《圣经》故事称，莎乐美为希罗底的女儿。希罗底嫁给小叔子希律为妻，此事遭到施洗约翰的责备。莎乐美善舞，希律非常喜欢看她跳舞，并表示可以答应她的任何要求。莎乐美问过母亲之后，提出要施洗约翰的头。于是希律便命人把施洗约翰斩首，并将首级赐给她。

含笑站在塑料棕榈树下；
在这片刻我抑制住了心中伟大的爱情，
她的影子却伴随着我在黑暗中前行。

穿过黑夜，这星星隐没的空中花园，
正当那贪睡的人儿和美的冒险家
靠在那暖洋洋的美国式的炉火，
似欲永久长眠，
我却想起了冰冻菠萝。

菊花的长瓣如同轻盈的鸵鸟羽毛，
桌上摆着扑克，命运，爱情的重荷。

## 方形镜子

镜子,四四方方结冰的海洋,深潭里的一幅画,
没有香味的海底之花。
镜子里有张笑脸。这是不是你?
俏丽的人儿,奥曼姬·瓦妮也许还在沉睡吧!

翻起繁星般泡沫的汽水溢流大地,
言辞如同金币响得清脆。
但愿我能见到屏风后面的那个小小的倩影,
用三句情话买得笑盈。
纤细的小手握着电梳,
手儿抬上,又落下,
就这样没有爱情地活着,娇美的奥曼姬·瓦妮?
电报没有缆线,飞机没有马达。
我眼前一对血淋淋的翅膀,
横滨成了瓦砾,恐惧使大地发抖,
奥曼姬·瓦妮,俏丽的人儿,
我为你戴着长簪的高发髻而担忧。

## 诗的冰淇淋

请给我这束雪玫瑰!
是不是春天已抵北极?
不是啊,不是,是天使长了雪的翅膀。
凭什么不? 人就是这样想的。

这不是雪,是手帕上的一朵小雪花。
我已瞧见缕缕白烟笼罩着窗扉,
笑吧,站在屋檐下的人们!
笑吧,我温柔的时装模特们!

甜甜的冰淇淋覆盖着屋顶,
你所见到的这一切何等美丽!
晶莹的两眼噙着泪花,
这不是笑出来的泪水,不是啊!

这已是春天来到了北极,
凭什么不是? 人就是这样想的。

## 灯　泡

在灯泡凉凉的光亮周围，
振动着一群不知疲倦的翅膀。
爱迪生先生，
放下书本，抬头张望，
不禁粲然一笑。
这些夜蛾的生命不知被他拯救了多少！

## 扇　子

遮住姑娘的朱唇，
卖俏的眼睛，深深的叹息，
还有那，一脸苦笑和皱纹。

停在胸上的蝴蝶，
爱情的调色板，
上面涂满往昔回忆的五颜六色。

## 拿破仑

我很喜欢一支冈比亚的烟斗,
它有一个刻成皇上脑袋的烟袋锅。
你好!荣耀的皇上!
你脑子里那个"主宰世界"的念头
是不是已被熏光?

## 爱 情

即将死于霍乱的人们
吐出铃兰花香,
吸进铃兰花香的人们
即将死于爱情。

### 乐声荡漾的咖啡馆

颠簸萦行的无畏战舰,
在海浪中遇上了提琴。
舰长的帽子突然飞掉,
盘旋在船身周围。一只白色的鸟。

然而那琴弓,
被暖洋洋的激流推涌着,
荡向那一个个无名岛上,
一条恶臭的水港。

在我们这天空下面,
仅对纸做的棕榈生长有利。
空荡荡的街道的贝壳,
沉在黄昏之底。

岛屿芳香之中
黑人国王端坐宝榻,

手里拿着雕弓。

恭顺民族的颗颗头颅,
如同黑色点点的四分音符
环绕在他周围跳舞。
在提琴调音栓的曲线里,
突然有几条蛇窜出草地。

演奏吧,提琴啊,但要请你放轻声点。
欧洲困倦了,
苍空繁星一片。

## 雅诺夫城①的坟地

船舶开来，
在海滩上。
海员将躺下小憩，
已经躺下了。

离坟地有多远?

六根蜡烛，
一对天鹅，
将你一直领向
死亡。

航行终生的人们！海上航行家们！

两个码头，
啊，雅诺夫城。

---

① 意大利一海港城市。

浪涛翻滚,

永不停息。

生命和海洋,生命和海洋!

# 夜莺唱得真难听

(1926)

## 全　景

小鹿双角缭绕着暮霭走向远方，
请听，羊齿叶后面的一颗星星，
多么宁静！

盛满果实的盘子，密布繁星的夜空，
我愿递给你这铜盘一只，
当个理发师。

啊，女理发师们啊，
疲惫的双手在油亮的发际间移动，
梳子从指间掉下，凿子从雕塑家手中滑落。
双眼在镜子里木然滞留。

已是黑夜。你们已睡去？
别再沉湎于柔软的被褥！
夜半，灯火。
漆黑，灯光，漆黑，拂晓……

你瞧,

山脊梳理苍穹浓密的长发,

星星像金虱似的徐徐抖落。

## 悲伤曲


风磨碾研着贫困,
两眼编织着泪行,
死人摞着死人,
沉睡梦乡。

一路鼓声隆隆,
交替着阵阵哭泣,
贫困随着转动的风车,
吱呀吱呀声悲戚。

雪白的绷带
缝成新娘的嫁衣,
她痛哭,
因为须与死人同枕共席。

战争连绵不断,
光阴轮回无尽头,

冬天去了，春天又来，
五月过去，十二月随后。

战争的犁铧深翻着
开满鲜花的大地
和海面，
海洋陆地，鲜血一片。

你布下的是血淋淋的种子，
犁沟里长出来的将是什么？
雷声震，尸骨遍地，
不见尽头在哪里。

手榴弹爆炸。
我拾起一块残片，
来到你的婚宴席上
祝贺你。

我将那残片高高举起，
像举杯祝福健康，

鲜血直流
在我们头上。

黑星下面，
大地淹没。
风磨朝着苍穹悲伤地耸立，
如同贫困的宝座。

## 三颗苦涩的果核籽

我得到三颗苦涩的果核籽儿
作为纪念,
我挥动着手帕
表示悲戚。

三颗橘籽儿
念离别,
悲泣泪下
素绢间。

我把籽儿种下
勤奋地浇灌,盼它快长。
这本是诗啊,由意大利出口
到我寒冷的故乡。

它长大了,真好!
开的什么花?

黄的,红的,蓝的,还是灰色?
我不知道。

鲜艳的花儿
很快就凋谢。
茎上挂着几个没有成熟的果子,
如同苦涩的泪珠。

谁在哭泣?谁的眼泪?
你给我的果核籽儿
长出了我的柑橘树,
可是没有成熟。

在我们家乡
可不曾有过这种名贵的花,
它感到我们这里,一切都很陌生,
冷若冰霜。

太阳凉飕飕的,
大地却又另样。

露水即将降临,

不属于自己的冬天和春天

即将来到。

　　　　※　　　　　※　　　　　　※

从遥远的地方飞来一封信,
爪哇究竟在哪里?
我在思念你的果核,
这儿大雪纷飞。

既然对它一无所知,又有什么可写?
海上漂着灼热的岛屿,
咳!柔情的字句像猴子般地
蹦到纸上的诗行里。

我徒劳地将竹手杖儿举到耳边,
它一声不响;
我哪里可能喝上椰子汁呢,

既然我们的母牛不会把话讲?!

(请问!
那里的女黑人
是否将花儿和鹦鹉的羽毛戴在耳朵上? )

你在这座玫瑰城里过得怎么样?
我窗外的树枝在颤抖,
我想,这是它们
永恒的忧伤,

当它们觉察到了外面已是大雪茫茫。
就这样,你这颗在我忧伤离别时的
果核籽儿
移种到了异国他乡。

那滚烫的泥土摇篮定会使你感到陌生,
摇篮里摆动着花儿朵朵,
谛听着冬天里的鸟语莺歌。
而在我们这里,太阳却已快冻冰。

为我的小树浇水是白费力气，
用呼吸去温暖凋谢的花儿亦属徒劳。
只管睡吧，睡吧，像蛇一样地熟睡吧！
到家里再突然苏醒，

只等春天来到。

## 列　宁


宫殿的残骸倒塌；
破裂的柱子上，
荣耀已不再复返。

这曾是俄国，我们曾看到
克里姆林宫的金圆顶在燃烧，
就像棺材上面的蜡烛一样。

然而，莫斯科
在旗帜的翅膀上掀起波浪，
工人们的劳动使它的街道一片轰隆，
使它的墙壁崩裂作响。

葡萄满园，生机勃勃。
这是建立在庞贝①废墟上的

---

① 意大利中世纪城市，公元79年因意大利维苏威活火山爆发而毁灭。

秀丽的村落。

然而这下面却笼罩着宁静
和死亡。
猫爪下面是一堆大理石灰烬,
这曾是一座古代群雕。

一辆轻便马车里
安坐着列宁。
他已病重,年老,
如同一个脆弱的影子和古树。

死亡临近,
剩下的时间短促,
只是几个阳光充裕的
冬秋。

他转脸向着
勃朗峰的镜子灼烫的地方,
他看到了世界的容貌,看见欧洲

和阶级的搏斗。

被击中的惊鸟
落进柳树丛林；
金条堆积如山的
银行地下室里，
狗群沿着柱廊曳足而行，
精心看守着这酷似泥潭的黄金。
白纸上的数目字间
全为鲜血泡浸。

他看到城市和活动的人群，
像灯光下的黑影
缓缓延伸。
他听到了那支歌，他如此喜爱的那支歌。

这不是情歌，
那支当黑夜来到恋人们的窗下，
（月亮在丝绒般的漆黑上爬行）
响起的甜蜜蜜的情歌。

这是当机枪编织出飞速的死亡，
人群在宫殿的窗下
对着沙皇的耳朵
唱出来的歌。

图画消失，
甜蜜之音哑然沉默。
雪花蒙住了他的目光，
他看见了莫斯科。

震耳的脚步声傲然响起，
这是警卫们
从克里姆林宫墙根下走过，
使欧洲和全世界无限惊恐。

他从深沉的梦中抬起了眼睛，
一片枯叶，
一棵树从另一棵树上摘下的枯叶，
徐徐降落，

直到贴近地面。

打开窗户吧!
眼睛关闭着痛苦
在块块红布后面。

人们将死者抬起,
墓穴打开,
列宁逝世。

人群移动,
请默默地走!
悲痛的拳头紧握。

为这世界的悲痛,
我亲爱的诗人啊,
夜莺唱得真难听!

# 信 鸽
（1929）

## 一支歌

有谁在挥动白色的头巾,
依依惜别他的亲人。
每天都有事物在终结,
极其美好的事物在终结。

信鸽在高空拍打双翼,
飞呀飞呀重返故里。
我们带着希望也带着绝望,
从此永远回到家乡。

请你擦干湿润的眼睛,
朗朗一笑别再伤心。
每天都有事物在开始,
极其美好的事物在开始。

## 悲　曲


杀害了也罢，没杀害也罢，
请你别向人们发问。
人们彼此相爱，嫉妒，
仇恨。

三步丈量着
整个方块。
铁丝网中星星稀疏，
月正圆。

明月作证，
她曾见到
鲜血流淌和犯人的影子，
在半夜里。

杀害了，没杀害？
鲜血溅在手上？

渐渐长圆的明月
自会说出真相。

当死者们的嘴巴
已经闭上。

冷得发抖的路灯
蹲在黑暗的肩上。
明月这密探的光亮下，
杀人犯被捆绑。

黑夜中传导爱情的
明月，
高挂天边墙上，
像琵琶一样。

明月
窥见了匕首，
将自己带毒的光亮
洒在朵朵盛开着的

莨菪花托上。

盈月
她的画面,
仿佛盖在丝巾下
从影院的银幕上一掠而过。

悄然沉默。

## 诗　句

### 致奥托·吉尔戛尔[①]

漆黑和影子勾画着夜,
皱纹描绘着生命。
你脚步轻盈,
用爱来掂量他人的命运,
将故土觅寻。

你两脚双手用血汗
印着你的劳动成果。
你的青春曾飞舞在你掌上,
那里已不复存在你的家乡。

不必去砸碎那里的窗户,
让命运之神尽量悄然地
去将生命、贫困与苦难之线
最终剪断。

---

[①] 奥托·吉尔戛尔(1866—1958),住在布拉格的一位捷克左翼书商和出版家。

你的妻子正在家中
将这命运与贫困之线来纺,
为你轻盈的脚步。
这就是家乡。

你指上的小圈儿,
是一根金线绳。
用它来称一称
脆弱嫩枝的
槲寄生。

好让我们不致丢失
自己的幸福。

## 葡萄酒与光阴
### 向卡雷尔·托曼致贺

说什么水会流走,时间会消逝?
人会从他认识世界的这一天起
渐渐死去?

你只管去问一问贝尔福①的狮子;
为了换取砂岩的永恒,
它是否愿意舍弃一天的时光。

这一天里,它可以将爪子扎进生灵的肉里,
喝它的血,
直把星星吓灭。

人为什么要像计算葡萄籽儿一样,
去痛苦地数着
自己生存的日子?

说什么世俗女子的美貌在消失?!

---

① 法国东部古城镇,建于十一世纪。

说什么波德莱尔的大礼帽已无人再戴,
过了时?!

然而,它曾是一面镜子,
里面至今燃烧着林荫道上的路灯,
骄傲的面孔和巴黎城。

我们的眼睛不正是在那里遇到了
那些早已死去,现已不在人间的
妇女的微笑吗?

今天我想开怀痛饮,
为你的健康干杯
用你那只瓶里的酒,
魏尔伦① 喝过的瓶里的酒。

把最后几个钱换了酒喝吧!
酒陈如诗,
反过来亦复如此。

---

① 魏尔伦(1844—1896),法国诗人,象征主义代表。

## 永远永远

### 致卡雷尔·诺维[1]

高耸在河岸上方
的坟地,
像装满颅骨的鹰巢。
颅骨迫使你蔑视
生命、永恒和时光。

你沉睡那边,
女人和玫瑰都打搅不了你的梦,
上帝保佑,
夜间繁星似细雨蒙蒙。

夏夜,丧钟敲响,
黄烛的火焰
在湿润的微风中摇晃。
长眠九泉的人们啊,请在酒杯前坐下,
痛饮琼酿!

---

[1] 卡雷尔·诺维(1890—1980),捷克作家,塞弗尔特的朋友。

请为爱——无论对什么的爱
请为爱——无论对谁的爱
喝下你的药!
喝下你的酒吧!

永远永远,
爱与恨
将走这一条路;
永远永远,
死亡
将走这一条路。

两个弯曲的身影,
你的和我的,
就在这一瞬间掉到水面上,
沉睡的鱼儿
突然地,四处奔逃。

## 没有翅膀

我看到了帝国的垮台,
这只没有头的鹰,没有翅膀的鹰。
我若能再见到这情景,
该用什么来换取这福分?

那时,我只惦记着爱情,
而士兵们拄着拐杖蹒跚而行。
这木腿的响声哒哒哒哒,
一下一下听得清。

那时我稀里糊涂,
黄昏啊,花朵!
那一回,艺术的翅膀
最先把我迷住。

我常坐在山坡上
读着歌唱爱情、歌唱死亡的

甜美的诗篇。
山下却在运送伤员。

从担架上掉下一顶帽子，
上面有个子弹射穿的小洞，
如今在我的梦里
还会不时出现这景象：士兵们
唱着歌儿走上战场。

我已不再害怕死亡，
常常与它开个玩笑，
何必害怕？害怕什么？
在我们临终的时刻，
将庄严地念起祈祷。

我从此害怕爱情，
它已远远躲开。
它的恐怖胜过坟墓、
丧钟和套着绳索的棺材。

所以我才用烟斗里冒出来的烟来修筑城堡,
编织我孤独的蜘蛛网,
别了,你和你和你,
以及其他所有的人。

没有头的鸽子,没有翅膀的鸽子。

## 第十一个春天

凌晨,如同细嫩皮肤上
被利箭射中的伤口,
蓓蕾朵朵开放,
四处争先吐艳。
战后的
第十一个春天来到。
娇嫩鲜花的乐器演奏的第十一次音乐会。
草地上摊着孩子的小鼓、
马刀和手枪。

在蓝色和玫瑰色之间,
有气球、阳伞和星星的颜色,
还有襁褓带子的颜色,蓝的和玫瑰色的,
啊,谁在回忆——
人们用它们将孩子的小手捆在小被子里,
好让他们那希望的指甲别抓疼妈妈的乳房,
这因爱情而疲惫的乳房。

士兵们在温暖着自己的假肢,

他们什么别的也不曾剩下。

这是人工的花朵,

用痛苦、钢筋和木料制成。

快快追上那孩子,他的球儿掉了,

草地禁止践踏。

亲吻一下这小姑娘吧,她刚十二岁

或稍大一点儿,

马尔凯特卡,别眼红,十二岁不许接吻。


万岁,我想亲吻的一切!

可我不会。

长着美丽的双手的一切万岁!

有着美丽的影子的一切万岁!

这影子比对于重炮烽火的回忆

更寂静。

## 鼓　声

房屋彻底摧毁。
新的桥梁
梳通了波浪的湿淋淋的头发,
废墟的影子下,
河流在休憩。

明月烈酒在燃烧,
地板下面,
梦游的蟑螂在等待时机的来到。
蜘蛛却在为自己的饥饿
将新网编造。

河对岸是排排灯光,
贫困的房屋,
(我可不会说这是一串珍珠在闪亮。)
和城市,
它们的大门最后被敲得咚咚直响

人的脸,

用痛苦之刀刻成的

面具,

俯向着盘子。


只管睡吧,

女人们畸形的躯体,

美的箭

已经永远离你们而去。

病菌发酵的枕头上,

耐心的

死神

在等待。


野葡萄

勾起乞丐的干渴,

沿途却长满了鼠芹菜。

只有曾为彼特拉克[①]加冕的

---

[①] 彼特拉克(1304—1374),意大利诗人,欧洲文艺复兴时期人文主义先驱之一。

繁星,
将光亮洒向
极度悲痛的梦。

别到这里来,
劳拉!
这只诗人吻过的脚,
这血迹,
甚至哭泣,
我都不愿看到。

让人群的吼声
快快来到这里吧!
革命的鼓声
已擂响,
让面包在他们桌上
永远散发芳香!

## 白昼、黑夜、时光

宫殿正门的上方,

黑夜女神和白昼男神轮着忙。

夜神刚一闭上双眼,

昼神那对蓝色的眼睛便睁得又圆又亮。

他将匕首装在心里,

那手枪和忧伤,

人人佩戴身上。

不管什么时候,

无论什么情况,

为的不致孤身无防。

我已不见您带上盾牌,

元帅!

您的士兵都到哪里去了?

您那个兵团的四名士兵现在何方?

燕子、麻雀和钟铃的声音

回响于拱形柱廊。

帝王们的傲慢与日俱增的地方,
绝望的重荷压在我心上。
多少回忆啊!
黄昏时我们曾在这里漫步游逛
我们心心相印唇相吻,
从此后,
我再也不曾爱得这般心花怒放。

失望与希望
这迷茫的循环
周而复始,
连一个个新吻
如此苦涩的吻
也无法使它停止。

在风和日丽的白昼里掐死时光的心脏吧!
让它停止跳动!
从我们心爱的人的脸上赶走时光吧!

它总爱安坐在脸庞上
亲吻那使我惊恐的皱纹。

我忆起了一切：
她们那曾经使我着魔的微笑，
还有那香水与脂粉
她们曾经用来掩饰自己的眼泪和苦恼。
我的孩儿哟，
——这是我呀，泪水盈眶，
灯光的利爪将我的影子撕得粉碎，
垃圾车已在哐啷作响。

夜神累得闭上了双眼，
时光在天际燃烧。
烈焰腾腾的钟表字盘
这块盾牌，
任何时候任何人
也不会靠它来抵挡。

时光流逝，别了，别了！

元帅啊,你只管安心地睡去,

这一仗啊,

反正谁来都得打输。

## 扑克牌与小步舞曲

不知是在什么时日,
我的一位姑妈
不辞而别离我死去。
她留下一副扑克牌,还有一只柱子座钟,
座钟正点时奏着小步舞曲,
钟摆像位海仙女。

姑妈曾一直等待着她的恋人,
到头来只得献出银发根根。
每天清晨她从梳子上取下脱落的头发,
扑克牌欺骗了她整整一生。

女人可怜的双耳,
仿佛生来为了倾听爱情的言辞。
怀抱琵琶的恋人不曾登门,
尽管扑克牌曾千百次预卜他的光顾。

有一天，大门敞开，
死神随即走进屋来，
它悄悄地，仿佛有些踌躇。
因为这就是三十二张牌中的那第一张，
它不曾撒谎。

出殡后，烛光一灭，
我便将扑克摊在膝上，
卜问哪些事儿我不知晓，哪些事儿我正经历，
第三回，我又卜问，哪些事儿我避免不掉。

我手里玩着骗人的纸牌游戏，
让它显露隐藏的魅力。
邮车夫已在恭候，车子已准备完毕。
情人用绸面雨伞
往沙子里描画我的心。
又在重复那骗人的纸牌游戏。

一切雷同，毫无变异。

说是我们还有几年希望,
一次报之以失望。
说是我们还有演奏小步舞曲的座钟,
外加一副扑克牌,它会撒谎。

说是我们的希望无穷,
它听不见周围的喧嚷,
还有那形似海仙女的钟摆
和它那无情的嘀嘀声响。

一二三四……
直到最后结束。

# 裙兜里的苹果

（1933）

## 柳条哨\*歌

茅荑花四处飞飘,
春天匆匆来到灌木丛梢;
老母鸡翼下扑出一群雏鸡,
饿得唧唧唧唧直叫。

上帝啊,但愿它们中最小的一只
也能在你光照的大地上觅到谷粒。
只有人才能在艰难岁月中
靠梦想与希望充饥。

---

\* 在捷克斯洛伐克的农村,每到春天,孩子们爱砍下一节柳树枝,抽掉中间的硬干,留下树皮做成哨子吹着玩。

## 含羞草

我的春天,
鸵鸟迎着我们朝北走来。
它的一撮轻盈的羽毛
在困窘的手中摇摆。

我们这里只有清寒的垂柳
来迎接春天。

我的贪婪的手指
被黄色的花粉溅脏;
乞丐握着一撮金色的粉末
在歌唱。
在捷克只有清寒的垂柳
迎接苦汉穷郎。

## 火花之雨

火花之雨浇庄稼,
啊,可惜不曾久留下。
黑暗笼罩着的城市在沉睡,
在那命运将我引诱的夜间。
有人摸黑将我瞧看,
使我惊恐不安。

借着萤火虫的微光点点,
我曾踏着土豆藤儿
跑进一群男孩中间。
同姑娘肌肤柔情的一触,
不允许我想到
晕眩。

荡妇之星接连三回
取笑受骗的人儿,
哭泣步他的脚印而来。

别了，暴君之城！

有人悄声对我道谢。

不用谢。

# 对　话

你吻了我的额头还是嘴唇，
我不知道，
我只听到了一个甜美的声音，
浓密的漆黑
笼罩住惊骇睫毛的诧异。

我匆匆吻了你的额头，
只因你呼出的芳香
使我陶醉。
可是我不知道

我也只听到一个甜美的声音，
浓密的漆黑
笼罩住了惊骇睫毛的诧异，
你呢，吻了我的额头还是嘴唇？

## 失败的天使

从前我曾见过他,
如今我又想起了他。
他默默守护在坟头上,
望着老蜂嗡嗡喧哗。

昨日风力真猛,
将他胳肢得难容。
丧命的直升机
躺在自身羽毛的残片中。

全身绒毛的野鸟,
仿佛从古代飞来。
这里只有我们四个:
鸟儿、天使、我和坟墓。

## 千百次徒劳

也许您的笑容
将再次使我迷恋,
痛苦之母和爱情之友
又将坐到我的床沿,
这两位总是同时出现。

也许进军号声
将再次使我迷恋,
我的头发将会因为火药而芳香四溢,
我将像从月球上掉下来的人那样
一往直前。

也许亲吻
将再次使我迷恋,
我将如同惨淡路灯里的火苗
战战兢兢,
直到那亲吻触着我的脸。

然而这只不过是吹到我唇际的一丝风,
这一回,我想用手
去抓住它那无法触摸的衣裳,
纯属徒劳。

## 变

### 致 F. X. 沙尔达[1]

少年变成了洁白的灌木,
灌木变成了酣睡的牧童,
柔软的头发变成了琵琶弦,
雪花成了落在鬓发上的银粟。

字词变成了提问,
智睿与荣耀变成了皱纹,
琴弦复又变成柔和的声音,
少年变成了诗人。
诗人转过来又变成了
洁白的灌木,他自己就躺在这灌木丛下面,
在他炽烈地热恋着美的时光。

谁若有一次爱上了美神,
他在任何时候都会对她倾心。
没有目的地跟随她漫游。

---

[1] F.X. 沙尔达(1867—1937),捷克著名文学评论家。

她有一双娇美的脚儿,
穿着软皮凉鞋子一双。

在这循环的变化之中,
美神被咒符点为女人,
只需短暂的一瞬间
就会像曲颈瓶里的蒸汽一样沸腾,
按照炼金者的意愿
奄奄一息高高落下。

年龄拄着拐杖悲伤地行走,
拐杖会因为这个永是幻想的游戏
变成任何一件东西;
甚至变成天使的双翼,
双翼张开待飞,
既无痛苦,也无躯体。

## 窗下葬礼


我对清风抱怨生命太短,
归来吧,马儿!
若是马儿能再归来!
若是光阴能再回返!

若是时钟能够往回敲响
我们已经虚度的那些瞬间!
若是机器能够倒转,
解开自杀者脖上的绳索!
若是昨天降落的月亮
重又回到天空!
若是我们又能
为自己微不足道的痛苦而哭诉。

我对飞逝的风儿怨诉,
若是风儿能够归还,
将面具归还给已死的脸庞。

这死后的面具,

在临终的瞬间

飞离了额头,

风儿将它带走。

趁它在树梢,在雨点中

粉身碎骨之前,

我们也许还可吻一下它。

# 维纳斯的手

(1936)

## 玫瑰色

长满花蕾的树
以雨做衣,
枝杈耸向天际。

突然间,从调色板上滴下的只是阴影
和一个模糊的斑点
紧紧贴近你的脚后跟。

然而,风儿却将别的颜色抹掉,
从清新的空气中,从光芒的尘埃里。

苍老的苹果树
在圣贤们惊异的目光下渐渐死去。

## 维纳斯的手

萎靡不振的冒险家
坐在岸边
对着波浪倾诉
他往昔虚荣徒劳的身世。
因为这是他唯一
留在指掌间的一缕残风,
葡萄酒中的一把珍珠,
对苟活不死的恐惧。

然而这并非
他固有的天职。

当公鸡喔喔啼鸣,
啄着露珠,
撕扯着玫瑰,
他便自言自语道:
摘下可怜的玫瑰,

多残酷!
片片花瓣
与脚指甲儿相似。

然而这并非
他固有的天职。

看到美的萌芽,
痛哭它的毁灭,
在潺潺流水边
等待早春花儿吐艳。
春将发出震耳巨响
惊醒这永恒的踌躇,
将头伏在可爱的维纳斯掌上。

唉,这才是
他固有的天职啊!

## 诗的一位女读者

寂寥的孤独者们
傍晚时分乘船漂荡；
不捞鱼虾的渔夫们
渔网闲置一旁。

犹如豌豆置于浅碟之中，
韵碰韵儿发出清脆声响，
手指突然在书边停住不动，
仿佛坠入梦乡。

诗人啊，撒谎家，你以美的名义
胡编了多少谎话！
紫色的夜晚
和黯黑沥青的光泽更好看。

有人戴着布满褶痕的阴影面具，
狂热地捏着她的手心；

送她一束玫瑰,
她却把玫瑰扔进火炉化为灰烬。

忧伤如同发夹将她装扮,
发丝垂垂入睡。
墓地间的泉水这般可口,
常青叶儿这般芬芳秀美。

寂寥的孤独者们,
傍晚时分乘船漂荡;
不捞鱼虾的渔夫们,
渔网闲置一旁。

## 野罂粟

当你寻找自己的上帝,
抬头仰望高处,
顿时会想起教堂看守的铃铛,
——他们光着头,
虔诚地践踏着女傧相们
手里的花朵。
想起往日之所失。

如同女圣徒睫毛下的泪花
已被炎热烘干,
朝圣者的祈祷
到达不了门槛。
徒劳的飞窜即逝的言辞
使他感到恐惧,
如同你用手指
敲打一只破罐子。

## 1934 年

回忆喧闹的青春年华,
实在无限美妙。
只有河流不会衰老。
风磨倒塌,
任性的风儿,
无忧无虑地打着口哨。

连十字架也令人心恻,
矢车菊花如同无鸟空巢
落在基督的肩头上,
青蛙在芦苇丛中呱呱直嚷。

饶恕我们吧!
苦涩的时光已来到
条条甜水的岸边。
工厂已两年空无一人,
孩子们坐在母亲的膝上

学习饥饿的语言。

他们那仍然荡漾在
柳树下面的笑声,
凄然沉默在
自己的银灰壳里。

但愿他们为我们安排的晚年
幸福于我们为他们准备的童年!

# 别了，春天

（1937）

## 别了,春天!

坐在多石的岸边无比消停,
开满鲜花的树枝是天然篷顶。

河水不断地流,仍在我们身边。
鱼鳞脱落似银片。

这不属于我的闪光白银
为我们偿付出轻盈的音韵。

我急急盼望从这白色的花丛里,
为你落下一个清甜的香梨。

愿你收下它,用你的皓齿,
来享用这爽口的果子。

然而你定将消失在我的回忆中,
抽烟人送出一个个苦吻。

### 爱之歌

我听见了别人听不见的:
赤脚走在天鹅绒上的声音,

封在信里的叹息,
琴弦静止不动时的颤声。

有时我从人们身边躲开,
便看见了别人看不见的

那披着欢笑、
隐藏在睫毛底下的爱情。

当她的鬈发中露出根根银丝,
我却看到灌木丛中的玫瑰在吐艳。

当我的嘴唇第一次触到她的唇际,
我已听到爱情悄步离开我身边。

谁想阻挠我的希望？！

我绝不因为害怕失望来到我跟前

而不去跪倒在你的膝下！

最美好的爱情常常十分痴癫。

# 正 月

好动者的朋友——正月，
拄着易碎的冰杖行走，
两耳藏在羊皮帽里的人们
迎着风雪奔跑，欢乐无忧。

这明明不是拐杖，
也不是你清晨在窗子上看到的冰溜。
这是一支古老的短笛。
当你将它握在热烫的手里，
它奏出的曲调无比忧愁。

它晶莹美丽，歌唱悲伤，
顷刻化成泪水流淌。

## 二　月

我们这里凄凉的天空，
二月里来更显凄凉。
它与地平线连成灰色一片，
悄悄落进水塘。

凉凉的雪花贴在你的双鬓上，
你朗朗吟诗，歌唱云雀，
小伙子们这时已经
跨上骏马走向五月。

穿过泥潭，越过水塘，
只见远处玫瑰开放。

# 三　月

请再向冬天道声好，
再向融雪鞠个躬！
半边儿春天已从高处落到我们这里：
瞧那地钱花开，蓝色的风磨在转动。

好像刚从床上爬起的孩儿
睁开惺忪的睡眼，
在白蒙蒙的晨曦中
望着妈妈的面容。

他那总也看不够的妈妈呀，
怎能不乐得对他微笑，为他欢唱。

## 四 月

悬崖碎金噼啪落下,
流进春天的河里,
浪花柔情地嬉戏,
哗啦啦为芦苇梳洗。

温顺的绵羊啊,诅咒屠刀吧!
趁它尚未将你的皮毛血染。
迎春的布谷鸟
躲在绿荫底下,

炎夏将它们残酷地驱赶。

## 五 月

颤抖丛林中的棵棵树啊!
小伙子们同他们心爱的姑娘
已将心形、日期和姓名
一刀一刀刻在你们身上。

你们以绿血做泪,
冲洗着树皮上的刀伤。万物都会开花,
爱情也不例外,歌里唱的就是这样。
啊,爱情! 多变的爱情!
某些时候,你有一副多么残酷的铁石心肠。

我知道,亲爱的树木,正把报复的苦果品尝。

## 六 月

炎夏的中午,
河浪滚滚不停息。
触到岸边,继续向前,
姑娘已睡着?还是睁着一只眼睛
对着过路人微笑示意?

我不知道。可是,在小溪上边,
两只蜻蜓的灵巧翅膀缠绕在一起。

唉,那一回我何不留下来歇歇脚!
她眯缝着长长的睫毛,
也许在想:
他打这儿过,心里在说:倘若——
可终究没来吻我。

## 七　月

你走过田埂,漫步在谷地的小径上,
问候矢车菊、羊须草
和朵朵牵牛花,
像在高高的凉台上。

直到黄昏,晚霞中
第一颗星星催你入睡,
黑暗中你会听到田埂上的声音,
姑娘的声音和另一个人的声音。

那第二个声音究竟是谁的呢?

清晨,新的一天来临。
那里躺着金黄的法兰西菊,
叶儿已被摘去①。

---

① 按捷克民间风习,年轻的姑娘们总爱摘下带叶的法兰西菊,边扯着叶子边念叨着"爱,不爱,爱,不爱……",以卜算自己的爱情命运。

## 八 月

火红的铁钳插进了庄稼地,
转眼就到收割期。

大片田地长如带子,
重又开始翻耕耙犁。

八月的黄昏啊!软软地躺在
苹果树下的干草堆里。
阴凉的树林将你呼唤,蘑菇香气扑鼻,
秋天已在树后悄悄地窥视你。

一等黄昏来到,阴影出现,
便用蜘蛛的网绳勒住你。

## 九 月

筐篮已经装满果实,
你们总该还记得那花儿:
花蕾绽开,呈玫瑰色,
第一批蜜蜂匆匆飞来。

那里显现着它们娇嫩脆弱的美,
你可曾见到林荫道上已把梯子架满。

电线歌声凄凄婉婉,
上面蹲着一只畏冷的小燕,
它的燕尾服上淌着滴滴雨点。

已是秋天,牧童之月。

## 十 月

啊,太阳,你用什么贵重金属
铸成这罪人的美?
他已迫不及待地等在凉亭那边,
将他的酒罐肚儿摸了好几遍,
盼望这残酷的压酒机
将葡萄变成玉液。

田地、树木和一切美
仿佛都在准备睡去。
桶里的第一批酒在发酵,
变成透亮的黄金。
这生活,可也真值!

# 十一月

美若凋谢,响声多脆!
只管扒吧,风啊!
把盖在叶子下面的一切扒走:
你的时光的沉默,卡尔美里特!

扒走吧,连同喧闹的女罪人——姑娘们的欢跃!
既然寡言的嘴唇也已沉默。
写给我们的只字碎片,
只是说谎的爱恋。

当她们在恋爱中说谎之时,
总是探出细嫩的脸。

## 十二月

已是很久以前的事了：白色的屋顶，
手指下面的干果似黄金，
妈妈切着甜杏仁，
孩子们一声不吭。

秘密①使他们难熬，
圣诞树已扎好在凉台上。
突然，铃声一响，仿佛铜钱碰着了玻璃，
轻而又淡的忧伤
总是伴随着回忆。

时光飞驰，酒杯碰响。

---

① 指圣诞节互相送的什么礼物事先不告诉对方。

## 百花争艳的布拉格

流云飞奔,匆匆忙忙,
歇歇脚吧,在我们这块地方。
苍穹犹如亲吻的天使,
伸展着蓝色的翅膀。

眼前一片花海,
朵朵花儿偎依在轻纱帐中。
雀跃鸟欢,倾城歌唱,
古楼钟铃在摆动。

钟声清脆如酒家竖琴,
当歌手将杯杯美酒饮下,
千百次无忧无虑地拨动琴弦,
琴弦上也绽开出朵朵鲜花。

你停一停啊,甜美的时刻!
我也要尽情唱出

这难以言表的

爱慕、感激之声。

# 把灯熄掉[*]

（1938）

---

[*] 1945年再版时，与《敞开怀抱》合并，改名为《泥盎》。

## 故乡之歌

像莫德拉①瓷罐上的一朵小花那般美丽,
这就是你的祖国,这块土地。
像莫德拉瓷罐上的一朵小花那般美丽,
又像你用刀子深深划进的,
面包瓤儿那般香甜。

你千百次不知所从,沮丧失望,
总又重返故乡。
你千百次不知所从,沮丧失望,
总又回到这美丽富饶的故乡;
总又回到这穷似采石场上的春光的故乡。

像莫德拉瓷罐上的一朵小花那般美丽,
那般沉重,沉重如自己的罪孽,
——难以忘记。
待到最后时刻,她苦涩的泥土
将猛然落下,为你作枕,与之相依。

---

① 斯洛伐克一城市,盛产陶瓷,上面画有很具民间风味的花纹图案。

## 布拉格穿上了黑服


我忆起了晶莹的雪花,
它像一块洁白的纱巾
骤然从天而降,
覆盖着城市美丽的倩影。

古老屋顶的铜青铜绿,
隐藏在纱巾的褶皱之中,
犹如婚礼服上的桃金娘,
娇艳而带羞容。

当春天匆匆来临,
细雨冲洗着冬色,
滴滴打在丁香枝上,
淅沥沥地唱啊唱:哎呀,别——

待到夜幕降临,
人们躺下细语轻声;

道道铁栅栏的阴影

骤然投向恋人的嘴唇。

当你仿佛

突然披上了斗篷,

一块不透明的黑巾盖住了你的全身,

我可无法将你辨认。

那无情无义的星星,

悄然无声地出现。

穿过永恒之路的浮尘,

穿过天际通向城镇那边。

我对你曾是那般地熟悉,

如今又站在你的面前。

不,我无法将你辨认,

不,我怎么也无法将你辨认。

我一向是认识你的呀,

如今该去问谁?

是谁给你穿上这身衣服,
凄凉而丧气?

我该去问谁呀?
谁也装作听不见。
我只有哭着扑倒
在你这身黑丧袍的襟边。

# 一九三八年九月三十日*

再见了,清泉。
多少次啊,我们的额头
触着那凉凉的青草,苍白的勿忘我花,
不带杯勺,朝你探着身子
啜饮这山间的芳香,醉人的凉爽。

再见了,清泉。
在这茫茫黑夜,强归他人的地方,
流水潺潺不息,瀑布倾泻不止,
这永恒的激流,总也不会消失;
风,也不会在树上沉睡。
傍着青苔覆盖的磐石,

它们将发出声响,
质问我们这是为什么。

---

\* 一九三八年九月三十日,英、法、德、意签订出卖捷克斯洛伐克人民利益的慕尼黑协定。

它们即使筋疲力尽,仍然振作、昂扬。

针尖铭刻着我们的命运,

不要哭泣,不要悲伤!

这只能在额上留下条条皱纹。

我们田野路旁的云雀,

在生命攸关时刻,歌声依旧嘹亮。

让歌声带领我们继续向前,

不悲恸也不气馁。

当一个未实现的梦突然毁灭,

另一个更美好的梦必将出现。

**把灯熄掉!**


请安静!别让我抖落了
战战兢兢挂在睫毛尖上的露珠。
请安静,再安静些!我将平静地
对这个夜说:你不是

那最可怕的。你猛地一下
将我们笼罩在你黑暗的翅膀里,
你这紧随许多轻佻之夜而来的严峻的夜啊,
如同天使,和我们在一起。

当我们的手掌搓揉着你的恐惧时,
突然,一声碾过你的天鹅绒的喊叫出现。
那声吓人的喊叫,至今谁都依稀听见,
今天,它像一声甜蜜的呼喊,回荡在我心田。

把灯熄掉!别让我抖落了
战战兢兢挂在睫毛尖上的露珠。

请安静,再安静些,我将平静地
对自己说:多美啊!

在这夜里,当一切都藏入黑幕之中,
所有的人都像影子蹲伏在树干旁。
我知道,我知道,那会更清楚地听到
轰隆声响。

## 歌唱战争结束

皎洁的明月,

沐浴奶中,

钻出乌云,

映在河中。

小河欢唱,

冥想着自己的命运:

战争已经过去,

我却依旧长存。

这一回我已听懂

堤坝永恒的歌儿。

请让我把头儿枕在你的心上,

再来听上一小会儿。

我愿献出鲜血,

交上我的税额一份。

我默默地站在河边，
凝视那河水滚滚。

# 石 桥
(1944)

## 在鲜花盛开的林中

当中国诗人用黑墨

描着那一个个小字的时候,

世界上任何事情也无法将他的思路打乱,夺走。

即使快车呜呜驶过,说真的,

我也照样写作;

即使遇上了空袭,

我也照样能为十四行诗想出几个韵脚。

可是呀,若是在鲜花像雨点般开放的春天,

那——我可就什么也写不出来了。


四月里,当花蕾像机关枪扫射一般

在灌木丛中开放,

五月里,当鲜花淹没了马哈[①]的颈脖,

伏尔塔瓦河上的堤坝像姑娘们醉人的笑声

哗哗作响,

---

[①] 马哈为捷克著名的浪漫主义诗人。此处指布拉格的贝特辛山上的马哈塑像。

一对燕子张开翅膀,

差点儿扑进我的领口,

仿佛要在里面

筑起它们的玫瑰窝巢……

这时,钢笔会突然从我手中掉下,

春天,我似乎已经沉醉了。

我用全部感官触摸你,饱尝你的阵阵清香,

只是有一点叫我痛苦难熬:


我们都已年老,树林啊!树林却匆匆

将鲜花扔进诗人的酒杯里,

这挥霍度日的诗人

却伏在笔上昏昏入睡。

# 泥盔[*]
（1945）

---

[*] 前面的《把灯熄掉》以及后来的《敞开怀抱》均为《泥盔》的组成部分。以下所译诗歌三首选自《敞开怀抱》。

## 利吉采*的死者们


燕子找不到自己的屋顶,
边飞边叫好不伤心。
树木却像折断的权标,
至今耸立地上。

道路通到了无底深渊,
你们默默躺在山麓下面,
穿过黑暗,摊开双臂,
仿佛将种子播到犁沟里。

只有云雀俯冲朝你们飞来,
它比我们离你们要近,更能听见那
唯有鸟儿才能听懂的话语。
也许,从它的歌中你能听出:

---

\* 法西斯占领捷克斯洛伐克时,将利吉采的男人和小孩都屠杀一光,造成著名的利吉采事件。

它在歌唱黄土,
那盖着你愤怒紧闭着的嘴唇的黄土;
它在歌唱躺在一个个头颅旁的石头,
还有那笼罩在亡灵名字上的荒芜;

它在歌唱你被夺去孩子后的忧伤,
它在歌唱你蜷缩在墙角里的战栗的哭泣,
当恐惧欲使人发狂,
而又连发狂的工夫都不曾剩下的时候;

它在歌唱那刻在眼睛里的恐惧,
当妇女们扶着门框,
像一个即将淹死的人抓住稻草,
失去了一切希望;

它在歌唱那惊人宁静的片刻,
当已经只剩下一声叹息;
它在歌唱这人民的全部美,
我们常常走过他们的坟头。

如今,云雀又像往常一样歌唱,
唱着这平原上永远宁静的歌。
歌唱玫瑰,这沉思的玫瑰①,
那曾经被踩进泥里的玫瑰。

---

① 在利吉采难友的公墓上,如今种了许多玫瑰。

## 布拉格起义

再来一次春天吧！在这爱情的时刻，
射击的烈火催得树枝开了花。
至今在鱼嘴里沉默的池水
开始歌唱。再来一次春天吧！
再来一次子弹开花的五月吧！

那啃啮着钟铃花边，
又用风儿的爪子搔着分秒的时光
在屋顶上空猛地挥动着乌云，
当石子儿开始行进时，
这旗帜百年来也不曾这样飘扬。

我忆起了那些日子：钟铃自己敲响，
城堡上的射击孔像拳头般地张开，
浓烟如同泥浆
从射击孔里流到台阶上，再来一次春天吧！

再一次,再一次奏起那

城市之弦吧!谁开始了演奏?

谁像夹住一把琵琶那样

将这城市夹在腋下?谁把天空翻了个个儿,

放声高唱着五月?活着的诗人们!

这些我熟悉的人们,他们狠狠地射击,

朝着人行道,朝着哗啦作响的窗玻璃,

朝着暗黑的水塘,

朝着窗上咬断的铁丝网,

朝着底儿朝天的汽车的轮胎和门窗。

让黑暗如同乌鸦的翅膀!

再黑些吧!清晨就是罗纱,

布拉格激动地将它披上,

在她的座座塔中,犹如头发里面

编进了火焰、带子、鲜血和烟雾茫茫。

啊,让春天在我的手中再现吧!

## 在喜庆的日子里


喜庆的日子掉进了丁香花丛。
这些白花、蓝花、微笑的花,
扎在炮架上的花,
香味从来没有今天这般浓。

花里浸透着妇女和孩子们洁白的温柔,
　　浸透着诗人徒劳的叫喊,
　　　浸透着这块土地吸进的鲜血,
在我们手持武器的时候。

大地的金属熔化在这花里,
钢铁的凉气自花中吮吸。
当我们站在防御工事上时,
杆上的花儿多么绮丽。

这花里饱含着忠诚的爱情,
它若凋谢,你会感到死亡的呼吸,

我们将倒在花丛中的勇士埋葬，
让他们舒适地长眠在花里。

# 穷画家到世间
（1949）

## 与云彩对话

姑娘停住割草,
她嘴唇颤动,默默地怨诉:
"云彩啊,我愿随你飘游,
这天宇可总无尽头!

"镶上金边的云彩呀,
你别这般匆忙,歇一会儿!"
"不行啊,我得飞,
快喘不过气来也得飞。"

它环视原野,
环视四周的风光,
"也许当鸟儿双翅疼痛,
可以坐到你的身上?"

"我害怕鸟儿,"云彩激动地
告诉小姑娘说,

"我像团团棉絮
藏着露水珍珠和金子。"

可是小姑娘的眼睛还在发问:
"你为什么害怕鸟儿?"
"鸟儿可能把珍珠啄掉,
像啄掉一颗罂粟花籽一样。"

"风儿载着我,我飞翔,梦想。
我不能停下,
在姑娘们来这儿割草之前,
我把珍珠撒在草地上。"

## 秋　天

万物在阴湿的寒风中冷得发抖，
枯叶堆满墙根角落。
燕子呀，请你说一说，
你又将飞向何处觅寻栖身之所？

爸爸领着孩子在村外放风筝，
风筝飘忽蹿上高空。
别了，夏天，渡鸟在近处呱呱啼鸣，
乌鸦在跟前来回走动。

小伙子围坐篝火旁，
口袋里揣着烤熟的土豆。
你顿时揩去细细的蜘蛛网，
它根根缠在你的额上。

别悲伤，春日时光还会归来，
它给枝条灌满液浆。

蒙蒙大雾笼罩的古老大地

将依稀片刻沉入梦乡。

# 夜

夜给鲜花和嫩枝,
穿上蛛网编织的衣服,
我在轻声地学着
说出星星美丽的名字。

猫头鹰总想让人觉得
它有多么聪慧,
从不摘下它的眼镜,
夜里却常当饿鬼。

树枝的影子像地牢的栅栏
紧紧关闭,
可怜的耗子没有啃到
一颗麦粒。

夜蛾在黑暗中飞舞,
像在天鹅绒上回旋,

然而，蝙蝠翅膀的振动，
在黑暗中无法听见。

黑得难辨咫尺，
伸手不见五指。
夜蛾在舞蹈中死去，
蝙蝠将它吞吃。

随你去到哪里，
死神总是伴你而行。
人人都已入睡，唯独死神例外，
它总睁着眼睛。

# 妈 妈

(1954)

## 窗　旁

春来了，路边的树儿
迎着春光开了花。
妈妈静默无声，
脸朝窗外，泪珠儿滚滚淌下。
"你为何哭泣，为何悲伤？
告诉我，你这般难过为什么？"
"我会告诉你的，会告诉你，
等到有一天，树儿不再开花。"

雪纷飞，冰霜冻在
玻璃窗上。
窗外一片阴沉，
妈妈无声地编织着什么，
两眼噙着泪花。
"你为何哭泣，为何悲伤？"
"我会告诉你的，会告诉你，
等到有一天，不再大雪茫茫。"

## 给妈妈的第一封信

我想好了：把信放在镜子上，
要不——放在针线筐里。
可是真糟糕，我这会儿还不知道：
该写些什么，从哪儿说起。

"亲爱的妈妈，"
我含着笔头，
使劲地想啊想，
大空白纸在等着我的字行。
"今天是你的节日，我祝你——"
"你"字的头一笔往左撇。
瞧，我已经有了第二行！
快把下面的字写上：
"幸福"，"幸"字先写一小横，
"和健康！"——可是再往下，不会啦！
脑子里乱哄哄的，
小字儿歪歪斜斜，很不像样。

我把纸撕了,揉成一团。

妈妈正在摆弄擀面杖,

做着香喷喷的点心和面包。

我急中生智摆脱困境,

飞奔到妈妈身边。妈妈把我搂在怀里,

她用眼睛默默地询问我,

又用沾满面粉的双手,

把我从地上高高举起。

## 妈妈的歌

屋外天色渐黑了,
妈妈穿线
把歌儿唱。
也许妈妈困倦了,
还得缝呀补呀
补衣裳。

线儿穿过
小小的针眼,
妈妈叹气,
朝窗外张望
土坛那边
一堵灰墙。
"孩子啊　不要问
线儿悄声说些什么。"
她边咬断线儿边说话。
一针针,一线线,

看得眼睛都发花。

夜晚还得缝啊,哪里闲得下。

这会儿妈妈笑了笑,

坐在椅上

直了直腰。

她究竟想起了什么?

莫不是,翅膀底下的

雏鸡宝贝娃。

屋外天色渐黑了,

妈妈边唱

边摇着孩儿来睡觉。

捻针的指头已发僵,

针眼儿若会说说话儿,

那该有多好!

## 牵牛花

路边的壕沟旁,
爬满了长长的青藤,
小花杯里盛着一滴甘露,
献给你润润嘴唇。

路人的脚步顿时变得轻快,
仿佛尝到一杯名贵的美酒琼液;
过路的孩子说什么?他感到了:
是妈妈在呼吸,散发出沁人的香气。

## 小提琴

我学拉小提琴有一两年,
那些日子我真是又恼又焦急。
我诅咒过你,
你也报复了我,
用那发自琴箱深处的
刺耳的呻吟。
幸好如今我已把你
包在一块绿色的呢绒布里。

每当你嘎吱嘎吱叫得难听,
我便按住你细长的脖颈。
我真恨不得用块重重的砖头
把你砸烂,
再把你的小琴马,指板边板
统统踩碎踏平。
这琴啊我总也拉不会,
我对它只有粗暴任性。

它躺在破烂堆里，
很快沾满了灰尘。
这些时候，我迷上了别的玩意；
我再也不去理它，
只是为这永久的音阶的折磨
微微感到痛惜。
后来，琴儿破烂不堪，
弦，也断了。

我已经懂得：这是罪过，
为这事，我一直内疚。
如今，我多想怀着感激的深情
去亲吻妈妈的手！
那一回，正是她买了这把小提琴，
虔诚地把它带回了家。
啊，荒废了的岁月！
听，琴声在响，有人在演奏！

我忆起了孩提时代，
也许，岁月使他变得聪慧。

轻巧的弦弓

竟然奏出了悦耳的泛音①。

它在弦上跳动,

又柔和地落在弦上。

是谁从我的背后

用手捂住了我的眼睛?

这是谁?我哪知道。

只听得有个悄悄的声音:说出我的名字吧!

我的头就枕在你的肩上呢!

我多愿能够说出它啊,

可我缄默得像个哑巴。

亲爱的小提琴啊,我只想请求你,

原谅我!

---

① 演奏提琴时,左手手指在琴弦的等分部分轻轻接触,然后用弓擦之,便发出一种透明而清澈的泛音,它的音色非常悦耳,颇似笛声,故又称笛音。

## 扇　子

它被藏在箱子底，
上面写有诗句和日期。
我虽曾向妈妈许诺
不去打开它，
可是那把扇子太叫我喜欢，
我撒谎了，不得已。

妈妈很少不带钥匙，
然而有一回还是忘记掉。
她刚一出门，我那只大胆的手
终于把扇子找到。
当我拿着这件宝物，
我的手儿哆嗦了。
我绞尽脑汁
也弄不明白那些诗句的奥妙。
仿佛说的是什么神秘的事情，
关于爱情、舞女的魔力。

我似乎有点儿胆怯,但不知道为了什么。

小男孩知道什么了?什么也不知晓。

扇盒里的桃金叶儿吐着清香。

我忙把扇子放回原处,

仍把一块小头巾放在扇旁,

至今我也归放不了那么好。

噫!我脑子里有个什么清脆的声音?

一听,这是韵脚。

当一位诗人!就像那些

为扇子题诗的人一样。

我的双手胆怯地

试着去拿七弦琴,

在我面前摊着

只值两个赫勒的白纸一张。

回忆有时会轻轻地扎你一刀。

如果谈得上过错,

犯者是谁?谁也不知道。

也许只有扇子明白,也许只有那
把钥匙忘在箱子上的人
猜得到。

## 妈妈的镜子

一面椭圆金框的小镜子,
水银已经渐渐剥落,
终于一片模糊。
妈妈的半辈子啊,
对着它,梳理头发,
那时它还照得清楚。

镜子挂在窗旁的小钩钩上,
它望着我,望着你,
怎能不舒坦地微笑?
妈妈曾是那般欢乐,
一丝皱纹也不曾有,
即使有,也不多。

她转着小磨儿,
哼着华尔兹舞曲,
还和爸爸一起,幸福地跳上几步。

每当她忆起青春年华，
总要瞥一眼
那闪闪发亮的镜子。

她从梳子上
摘下炉火可悲的猎物
——一团脱落的头发，
当她把头发扔进炉门里时，
我看到了她鬓角旁的条条皱纹
——一把张开的小折扇。

时光飞逝，妈妈的头发渐渐斑白，
她已不再去照镜子，
习惯于孤独僻静。
每当有人敲门，
她便匆匆走去，
系着一块黑色的土布围裙。

如今，我又走进屋来，但已失去勇气。
谁也不再站在门旁，

谁也不再来紧握我的手掌。

我慌乱地四下顾盼,

那面镜子仍旧挂在墙上,

可我看不清它,只因泪水盈眶。

## 紫罗兰花

"下次别再乱花钱啦,
告诉我,这又费了多少?"
妈妈这几句话,我已记得烂熟。
她总是这么节省着一分一毫。

"你还不如拿它去理个发呢!"
这我知道,她也许还会添上一句:
"明天你又该要个练习本了。
叫我到哪儿去弄钱啊,
如今连一个铜板也不该乱花掉。"

我硬让妈妈收下了
这束蓝色的春花。
她用亲吻回报我时,
嘴唇微微颤抖:
"儿啊,我已经老了。"

她每年为这生我一次气,
后来才慢慢地习惯。
当她不小心打碎了花瓶,
便把这束姣美的小花
插在一只小小的芥末瓶里。

墙外钟声敲响,
死一般的静寂使我惊慌。
妈妈的脸颊蒙上了白布,
无声无息地躺着;
她的两腿僵直,
裙子垂落在地上。

我去抬她的手,僵硬冰凉,
手指紧扣在掌心上。
我想把花束放到她的手里,
这已是最后一次了啊,
可是——她却紧扣着指头不放。

# 少年与星星

(1956)

## 少年与星星

星星蜂拥而出,
月亮如同雪白的头巾,
村庄一片寂静。
窗外灯光熄灭,
更加苍白的光亮洒在玻璃上。
某处牲口圈里
锁链相碰,清脆声响。

谁也止不住做梦,
少年梦这梦那,不停地梦着什么,
明月柔情地照着他。
他清闲地坐在一块石头上,
想入非非漫游了一片国土,
可是他在电影里
从来不曾见过这地方。

星光略带责备

问他那次脑子里尽想些啥,

长大了想干什么?

他已告别故乡,

远去打猎擒兽,

还想登上快艇,

试将海员来当。

为采珍珠他钻到海底,

要给妈妈献上一颗。

他看见了冰川大雪,

连忙钻进温暖的皮毛被窝。

在海里他还见到了海象的头,

照耀他的星星完全另样,

他一颗也不曾见过。

他过了许多年,白天即将来临,

月亮如同雪白的头巾,

村庄一片寂静。

窗外灯光熄灭,

更加苍白的光亮洒在玻璃上。

某处牲口圈里

锁链相碰,清脆声响。

## 水井·小鹅

不论严冬,还是盛夏,
水井总在甜美地歌唱。

水井啊,请把这支歌儿教给我!
叮——咚!听见吗,我这歌儿?

一群小鹅踉踉跄跄
迅跑在春天的草地上,

你若从高处俯视它们,
仿佛一片盛开的蒲公英。

# 岛上音乐会
（1965）

## 镜子之歌

只管唱吧!可是唱什么?
唱你所想,
愿唱什么唱什么,
只要能快点儿开始就好。

比方说,唱黄昏,唱灯光,
歌唱扇子也好;
你若实在有意,
歌唱爱情也无妨。

你甚至可以歌唱死亡,
唱它掏出黑色镜子的那一刹那,
只要能快点儿开始就好。

可是我的上帝,你可别把这些东西混淆了:
黄昏与灯光,
爱情与扇子,

最后,还有镜子与死亡。


黄昏时爱情来临。
可是你知道,
她敲敲门,进屋来,把灯光扭小,
一切被黑夜笼罩。


它在扇子后面告别时,
会轻声地说声:也许——


死亡常在黎明前来到。
镜子里一片漆黑。
片刻静寂,
你能听到自己的呼吸。
可是,当你忧伤地乞望它一眼时,
它便对你说:不!

## 关于女人的歌

有人对我说,
你好好记住:
人世间有比爱情
更大的乐趣。

也许——是。

杀戮也是一种乐趣。
肯定有人
并非不感到惬意地
从被杀害者的身上迈过去。

也许——是。

战争结束,
谁还愿意在这个时刻
去思考

那些悲伤的事情?!

也许——我愿意。

若是让女人来
操作大炮,
落到人世间的
只能是玫瑰。

也许——是,
也许——不是。

## 关于战争的歌

把战争掐死!
好让妇女能够欢笑,
不致像武器那样,
这么快就变老。

战争却说:我一直存在!
亘古以来就存在,
从来没有哪一片刻
不存在我!

我与饥饿、爱情
一样年龄,
我并非被人创造,
世界却属于我!

但我一定要将它摧毁!
我要牢牢地盯着,

直到这块沾着鲜红血迹的破布

掉进漆黑的深渊。

像孩子的唾液

掉到井底，

当他们想把

黑底深度测个仔细。

然而我们——这就是希望。

我们可以对这个问题，

再考虑一会儿，

一小会儿。

# 钟的铸造

（1967）

## 钟的铸造

在这一瞬间,我什么也不曾看见,
除了那一张张陌生的背影,
礼帽下的人头急速拥向前方,
街上熙熙攘攘。

我真恨不得靠着几个指头
爬上光秃的墙,
像喝了乙醚的醉汉那样。
就在这一瞬间,一只女性的手
　　　抓住我的手不放,
我走了几步,
在我面前横着一道深渊,
　　人们称它上苍。

地平线上大教堂的钟塔
像用无光泽的锡箔剪成。
塔尖高高的上空,

繁星点点淹沉。

那儿！你瞧见了吗？
是，我看见了！
在一簇尚未熄灭的火花中
有颗星星永不复返地消失了。

四月中的
一个甜美的春夜，
湿润的空气清香沁心。
我吸着这空气，
连同星星的灰烬。

夏天，有一回，
（那时只是悄悄地——）
我凑近细高的百合花闻了一闻。
（我们那儿常把它装在一个壶罐里，
拿到集上去卖。）
后来有人笑我，
我的脸上也沾了些金黄花粉。

# 皮卡迪利的伞

(1979)

## 自 传

妈妈有时谈到她自己,
说:
"我一生少言寡欢,
走路踮着脚尖。
我若是有时生了气,
脚步稍微跺得重一点,
柜上的小茶杯——母亲留下的遗念
便会发出清脆的响声,
惹得我又忍不住喜笑颜开。"

听说就在我出生的那一瞬间,
窗外飞来一只蝴蝶,
停在妈妈的床头边;
此刻,院里的狗儿连声哀号,
妈妈预感到一种不祥之兆
隐藏在这里面。

我的一生，
虽不像妈妈的那般安宁，
但是，即使我
像望着一个个空框子那样
忧伤地望着今天的时日，
即使我看到的只是一堵布满灰尘的土墙，
我的一生仍是那么绚丽、辉煌。

我忘不了
许多瞬息逝去的时光，
像灿烂的鲜花，
万紫千红，无比娇娆。
更有那芳香的夜晚，
仿佛夜间躲藏在叶子丛中的
蓝色的葡萄。

我酷爱诗歌，
喜好音乐，
我漫游四方，常为一件件美好的事情
惊叹不已，
可是只有当我第一次看到

女性的形体画时,
我才开始相信奇迹。

我的生命流逝匆匆,
对于长久的渴望来说,
它实在是太短促,
不知不觉啊,
这生命已经接近结束。

死神不久将来踢我的大门,
走进我的房间里。
在这片刻我会吓得
屏住气,
忘记呼吸。

但愿不要遭到拒绝,
我将适时亲吻一下她的双手。
她曾耐心地伴随着我的脚步,
一直走啊走啊走啊,
而且最深沉地爱着我。

## 圣母玛利亚的头像


一年中,这样的片刻绝无仅有:

我推开窗户,

帷幔飒飒,

已是盛秋。

它仍旧如丝绸般柔和,带着滴滴血迹,

淡淡忧愁,

这时节,人们的创伤,

倍加疼痛。

我探望了弗拉吉米尔-霍兰,

他在病中。


他就住在卢日采神学院里,

紧靠河的上游。

太阳刚刚落到房后,

河水潺潺而流,

它正洗着湿漉漉的纸牌,

准备晚间的消遣娱乐。

我一进霍兰的门,
他猛地合上了书,
略带怒气地问我
是否也相信死后的生活,
或者什么更糟糕的事情。

我却不曾注意他所讲,
只见门边小柜上
有一尊妇人雕塑头像。
老天爷,我认识她!
她躺在那里,仰着脸,
像在断头台下。

这是老城广场[①]上的
圣母玛利亚头像。
六十年前,
朝圣者们从白山归来时
就已把它扔下。

---

① 布拉格一广场。广场上有闻名的古钟和宗教革命家扬·胡斯雕像。

他们推倒了一根柱子,

那柱子上面站着

四个守护天使。

与巴黎那一根的高度相比,

它远远不如。

饶恕他们吧!

柱子竖在那里

是失败的标志;

捷克民族的

耻辱。

朝圣者们只因为自由干了几杯,

兴奋劲儿感染了他们的情绪。

我当时也在他们那里。

那破碎了的雕塑上的头像

在地板上滚动,一直滚到

离我不远的地方。

当它停止滚动时,

那双虔诚的眼睛

朝着我那满是灰尘的鞋子张望。

这一回可是第二次

滚到我的跟前。

在这两个片刻之间

隔着几乎属于我的

整整的一生。

我虽不说它很幸福，

但是已近尾声。

"请你再说一遍，

我刚进门时，你问我什么了？

请原谅！"

## 皮卡迪利的伞


谁若对爱情不知所从，
就让他去爱上——
　　　　比如说英国女王。
那有什么不可以呢？
她的肖像印在每一张
　　　古老王国的邮票上。
但他若是请她
　　　到海德公园相会，
我敢担保
　　他准会空等一场。


如果他稍微有点头脑，
就会聪明地说：
喏，我本来就知道，
海德公园今天下雨。


我儿子从英国回来，

为我在伦敦的皮卡迪利

买了一把轻便雨伞,

每当需要时,

在我头顶上便有了

一片属于我自己的小小天空。

虽然它是黑色的,

但在那绷紧的伞骨架上,

运流着上帝的仁慈,

宛若一股电流。


即使不下雨,我也撑开这伞,

如同天幕,

遮住我衣袋里装着的

莎士比亚的《十四行诗集》[①]。

然而也有这样的时刻:

就连天宇间闪烁的花束

也会叫我担惊受怕。

---

[①] 莎士比亚的《十四行诗集》(1592—1598),收集了诗歌一百五十四首。其中大部分奉献给他的一位爱友,另一部分是描写一位使诗人和他的朋友都感到痛苦的"黑女郎"。整部诗集洋溢着诗人饱满旺盛而高尚的情感,蕴藏着诗人对于创造、对于人的权利及充斥在周围世界中不仁不义的深思冥想。

尽管它们十分美丽,
但那无边的浩瀚却使我们惊恐不安。
这太像那
死后的长眠。
千万颗星星用空虚与寒冷
威胁我们;
它们夜间璀璨的光焰
又将我们哄骗。

人们称之为维纳斯的星球,
简直令人恐怖。
那里的岩浆仍在沸腾,
如同海浪澎湃;
那里山脉起伏,
滚烫的岩浆如盆瓢泻雨。

我们常问,地狱在哪里,
就在那里!

然而,一把脆弱的伞

怎能同宇宙相抗!
我为了能够前行,
忙得两手不得空闲。
我紧贴地面
像白昼的蛾虫
紧贴粗糙的树皮。

我一生都在寻找天堂,
天堂在这里一度有过。
我找到过它的踪迹,
只在女子的唇际,
在她那充溢着爱情的
丰润的肌肤上。

我一生都在渴望
自由,
终于找到了
通向自由的大门。
这就是死亡!

如今我已年迈,
女性的可爱的面颊
仍不时在我眼前掠过,
她的微笑仍使我的热血掀起漪涟。

我羞怯地朝她一瞥,
想起了英国女王!
她的肖像印在每一张
古老王国的邮票上。
天佑吾王!
噢,是啊,我很清楚:
海德公园今天正下着雨!

## 诗人们的恋人

初恋的时刻何等幸福!
那时我真相信:
倘若一个人
在热恋中,
或死于花丛,
或在威尼斯的狂欢节中丧命,
都比死在家里的床上
要美得多。

然而,死亡都是一切悲痛的伴侣,
这死亡已在世上屡见不鲜。
她的长衣裙
是用临死者们的
咽喉嘎声织成,
用泪花儿星星镶边。

死亡是怨诉的琵琶,

是燃烧着的血的火炬,
是埋葬着美的骨灰罐,
是不能通向任何地方的大门。

死亡有时也是诗人们的恋人。
阵阵阴森的丧钟
催人踏着血淋淋的泥泞前行,
倘若诗人们对这并不介意,
就让他们在腐臭的残花败柳中
去向死亡阿谀逢迎!

死亡用它细长的手
伸进女人的身体,
掐死她们腹中的娃娃,
他们虽然上了天堂,
但浑身上下血迹斑斑。

它是一切凶杀行为的皇后
和她的铁权柄,
从创世以来

就给战争恐怖发布命令。

死亡是腐烂的姊妹,
是毁灭与空虚的使者,
她的手将坟墓这重荷
压在每个人的胸上。
然而,死亡只不过是
钢笔画掉的片刻,
仅此而已。

**装着核桃的盘子**

我早已习惯于听不到
这儿那儿演奏的
《卡门》中的花儿咏叹调；
寒风朝我的眼里直扔雪花，
让我无法看见，
我已活到什么年头啦。

除夕之日，我再在桌旁
添上三把椅子。
一把给我过世的父亲，
另一把给我的母亲，
今年还需摆上第三把，给我的姐姐，
她在乘坐小轿车时丧命。
有时还会来些别的宾客，
这都是我一生中所爱过的人。
他们是那样地好奇，
当我切削苹果时，

便站在我的背后看个仔细。

这是淌着泪水回忆往情的
一年一度的珍贵时刻,
但是我们从不大声号哭。
如同五月初
屋顶上的汽笛;
只是自个儿轻声地抽泣。

可是,我该用什么来招待他们?
请这些影子吃点什么好呢?
这儿有我们故乡的面包,
还有它那苦涩的葡萄酒。
这儿有装着核桃的盘子,
核桃来自遥远的印度,
味儿甜美,
如同孩子的第一次亲吻。

妈妈听到这些话
也许会微微一笑,

但我也只是这么猜想。
她微笑时只是稍稍动动嘴唇，
她的眼里却总含着忧伤。

她哭泣的时候
眼泪总是往里淌。

# 避瘟柱

(1981)

**鬼怪的喊叫**

我们徒劳地抓住飘荡的蜘蛛网
和铁蒺藜,
以期不这样急剧地被抛进
黑暗,它比没有星光的
最黑的夜
还要昏暗。

我们每天都会遇到
有人无意地向我们发问,
他们甚至无须启唇:
你何时——?怎样——?此后又会怎样?

不!我们要再跳一会儿,蹦一会儿!
再呼吸一下清香的空气,
哪怕绞索套在脖子上!

## 朝圣地

（第一首）

长途跋涉之后，我们醒了，
在大教堂的回廊上，
人们常在它光溜的地板上睡觉。
那时不曾有大轿车，
只有电车和火车。
朝圣者们往往步行。
那时我大概有多大年龄？

阵阵钟声把我们惊醒，
震响裂缝的塔楼古屋。
被它震得发抖的不只是大教堂，
还有麦秆上的露珠。
清晨，仿佛头顶上什么地方，
有只大象在云彩上跺脚，
迈着舞步。

## 朝圣地

（第七首）

生活，这是一群候鸟
在只身独处的地方所度过的
艰辛、苦难的年月。
它永不返回。
你留在身后的一切：
痛苦、忧伤，种种失望，
与这种孤独相比，
统统算不了什么。
那里没有一丝慰藉，
可以稍微安抚一下
泪痕斑斑的灵魂。

大颗甜葡萄对我有什么用？
我曾在圣地庙会上射中了
一朵纸做的红玫瑰。
我长久地保存着它，
长久地闻到它那烧煳的焦味。

## 渠畔花园

（第一首）

直到晚年我才学会
爱上寂静。
它有时比音乐还要富于刺激。
在寂静中涌现出战栗的音符，
而在记忆的岔径，
你会听到一些
时间试图抹掉的姓名。

傍晚，我常听到
树梢上鸟雀的心跳。
有一天夜里在坟场上，
我听到了，墓穴深处，
棺材崩裂。

## 渠畔花园

（第三首）

夜，黑暗的产业主，
它从天空匆匆倒出晚霞，
像血水。
马拉[①]就是在这里
被金发美女用短剑刺死。
夜，开始将人们的影子

扯得很长很长，
如同裁缝试穿上衣时
扯着两只袖子。
世间这一切早已有过，
没有什么新鲜事儿。
只可怜那些情侣，
不懂得从每次亲吻中
发现新的花朵。

---

[①] 马拉（1743—1793），18世纪法国资产阶级革命的著名活动家，政论家，学者。1793年5月参与领导和鼓动人民起义，推翻吉伦特派，建立雅各宾派专政。同年7月被反革命分子暗杀。

## 夜深沉

直到暮年,
在我难以迈出大门时,
我才读到,在我们捷克这地方,
把毛蕊花儿叫作
太阳杖。

我尚有余生片刻,
用来写完这几句诗,
可是,当我一想起漫长的黑夜时光,
便觉为时已经太晚。

我最先回忆起和你在一起的
甜蜜时刻,
没有月亮,星星也不发光,
林间路灯遥远,
你将眼睛闭上。

随后，我回忆起，

我们漫游漆黑的布拉格的时刻。

家家户户拉上了窗帘，

里面哭声一片，

心碎欲绝。

## 别　了

给这世上的亿万句诗，
我只添了寥寥几行。
它们不比蟋蟀的歌儿高明多少，
这我知道。原谅我吧，
我即将收场。

它们不是月球尘埃中的
最先足迹，
但若偶尔闪光，
也并非它们自己的光焰，
只因我热爱这语言。

这语言，
既然能使沉默的嘴唇颤动，
便也能使恋人亲吻，
当他们漫步布满霞光的大地。
那里的太阳

比在热带落得要慢。

诗歌亘古就与我们同行,
它如同爱情,
如同饥饿、瘟疫、战争。
有时候,我的诗句愚蠢得
羞于见人。

但是,我并不因此请求原谅。
我深信:寻求美的词句
总比杀戮和谋害
要强!

# 身为诗人
（1983）

## 壁挂题诗

布拉格!
谁只要见过她一面,
她的名字就会在他心底里
永远歌唱。
她自己是一支歌,
漫长的岁月将它编织。
我们热爱她,
愿它响彻云霄。

我孩提时的幸福梦想
如同飞碟
在她的排排屋顶上闪光。
那时我还年轻,
不知已将它们掷向何方。

有一回,我将脸庞
贴在古堡庭院

老墙的石块上。
忽然间,在我的耳边
发出一阵低沉的隆隆声,
那是古老年代的轰响。
可是,白山①上
滋润松软的泥土,
却亲切地对着我的耳朵讲:

"去吧!你将具有神奇般的魔力,
唱吧!自会有人听你歌唱。
可是呀,别撒谎!"
我去了,不曾撒谎。
只是对于你,我的爱,
撒过一丁点儿小谎。

---

① 布拉格西部一座小山头。

## 渴望女神
### ——致奥托·杨内切克

年轻时我多次渴望
当一位画家,
将那些美如苍穹的女性画下。
可是直到暮年,
我还在跟文学角斗,周旋。

未能等我想出一句诗来,
    仅只一句;
未能等我点燃烟斗,
画家杨内切克便能画出
一幅动人的少女人体画。
她的睫毛漆黑如夜,
眼睛里却是一片蔚蓝,
不等画家从本子上撕下画页,
我便深深地
爱上了她。

他画了多少个少妇和姑娘啊!

当我浏览这一幅幅画时,
画家微微笑了。
只因我欣赏这动人的美的神情,
似乎两只眼睛嫌少。

组成这些画的是颜色,是芳香,是火焰,
还有滴滴露水。
清晨,当公鸡啼鸣,
花儿吐艳,
露水便战战栗栗停留在花瓣边缘。

一天以后,我在布拉格街上漫游,
欧洲所有古老的城市
每逢春天更清秀。
已是黄昏前的下午,
行人挤满了街头。

我停下脚步站立了片刻,
这面容我曾在哪儿见过——
就是她!

然而，我总也难以相信，
大自然有时竟会站在画家的背后
瞧见了他的画。

可惜啊，眼看行程
已近尽头。
那一道本该随着脚步渐渐远去的地平线
已在原地不走。

我将告别那
窗前鸟儿的歌声，
花儿甜美的芳香，
还有那双双心爱的眼睛，
它们伴我终生直到今天，
如同天上的星星。

我若回顾自己的一生，
似觉得，
这几乎是我值得为之活着的
一切。

## 卡罗维·瓦利\*的柱廊

从我在电话里
听到你哭泣的那一刻起,
我再也难得相信爱情。
人们曾为它起誓:
死不变心。

这样的爱情,生活中没有。
什么时候有过?
也许是这样。
可是你的泪水永远不能
将已经拆开的、用空虚的吻打上的印鉴
再黏合上。

温泉朝上喷射,
水柱连着水柱,
落进贝壳里,仍然滚烫,

---

\* 捷克著名的温泉疗养地。

如同一只受伤的鸟儿
张着白色的
翅膀。

离温泉只几步远,
柱廊日日夜夜
将熟悉的脚步
编织成时光的
美满姻缘。

我曾久久地亵渎
歌唱爱情的诗人,
直到我在柱廊上
见到一双闪烁的眼睛。

我朝这双眼睛走去,
它们又向我投来一瞥。
当我往回走时,
重又与它们相遇。
她的吻兴许会像

对那安逸的双唇的温情爱抚。

即使是比四月春雪
还要暂短的爱情,
也让它听其自然吧!
当渴望的火焰燃尽,
爱情自会渐渐降到
冰点。

那么,请擦干眼泪,
别哭泣。

## 小夜曲重奏

### 一、不很快的快板

夜幕已近,请别开灯!
我喜欢在漆黑中
望着你的眼睛。
说说吧,维也纳如今是何情景!

那一束束的薰衣草,
市场上还卖不卖?
那世纪末的
往日爱情的甜香水呢?
我母亲常把它放在衣柜里
防虫害。
维也纳跳起舞来还那样,
跳得吊灯直晃?
女士们怎么样?
维也纳的美人儿

还那样甘愿、温柔地

嘴唇对嘴唇,

好让那爱情的利剑

更深更准地

扎进你的心脏?


到头来,我们这里

也出了这种事儿。

你不相信会这样?

我也碰到过一回:

甚至是在一辆夜行快车上,

从布拉格开往柏林的那一趟。


维也纳的男人们呢?他们还没想起来:

那一回,他们无耻地

把他们的安德马——

天使中的音乐天使,

第一个跻踞上帝宝座的歌手

埋到哪里去了?

在世人面前,是不是还感到有些害臊?

也许是吧,不知道。

同往昔帝国的
任何一处相比,
在维也纳是不是
至少还多两三个微笑?
维也纳是不是还同过去某个时候一样
那么温柔?
——已经不了。


## 二、慢板

你相信梦吗?
"早已不信,
我已从梦中惊醒,
脚踏实地地走路。
总算如此。"

你那本有纪念意义的占梦书呢?

"那还是好早以前
最后翻过一次。
我在一生中什么也不曾赢得,
唯有忧愁,
还有几滴眼泪。
总算如此。"

诗人们对这有什么说法?
"他们只会撒谎!
我认识他们其中的一个。
他夜里从来不做梦,
睡得跟死人一般;
等他早上一觉醒来,
穿上拖鞋,
便将他那奇妙无比的梦来讲述一番。"

我自己睡眠相当坏,
即使睡着,
也怪梦联翩,
有时非常恐怖。

在最佳状况下也睡得不舒服。
梦里我从来不曾
在玫瑰花丛中散过步。
总算已熬过。

然而,我还是要感谢黑夜
赐予我珍贵的瞬间。
在寂静与黑暗之夜中
我常与死者会面。
这都是我一生中所热爱的人。

在我们这里,
有时也会出现奇迹:

死者不知来自何方,
我们之间无所谓死亡。
刹那间他们匆匆离去,
不知去到何方。
我徒劳地在他们后面呼唤。

我们之间重又隔着那

死亡。


### 三、小步舞曲

今天我总算做了一个

好梦：

夜间，有人敲门，

那么轻声。

仿佛我的房门

不是用木料，

而是用无声的棉絮做成。

然而，我还是醒了，

客人走进了门。

"你知道《费加罗的婚礼》[①]吗？"

"当然知道。"

这是凯鲁比尼[②]在发问！

---

① 著名音乐家莫扎特创作的歌剧。
② 凯鲁比尼（1760—1842），意大利作曲家。

"你准知道,这个角色
该由姑娘来扮演。
衣帽间的女工为之不安,
因为这姑娘的胸脯
必须紧紧缚在小伙子穿的马甲下,
免得她的女性美
被人看穿。

"阿尔马维瓦伯爵蒙在鼓里,
我却惬意地注视着这一切。
尽管我常担心,
女歌唱家吸足了气
高声歌唱时,
会把小带儿挣断。"
凯鲁比尼在我旁边的
沙发软垫上坐下。
那么轻,
像蝴蝶
停在柔嫩的花瓣上。
香粉的浮云

搔得我鼻子发痒。

"你发誓吧！"他对我打着耳语，
俯身贴近我的脸，
好让我也能够轻声说话。
"你绝不泄露我要对你说的
任何一个字！"
我立即痛快地照办。
但我十分清楚：
这个假誓不能算数。

"全世界都相信，
人们把莫扎特的尸体
扔进了维也纳坟地的
叫花子墓穴里。

"然而布拉格热爱他。
他的音乐
渗浸到了这所城市的各家各户，
他很幸福；
更幸福的是，

他跨进了著名的门槛,
甚至埋葬在这里!

"更加有幸的是:在我们这里
偶尔也出现奇迹。

"莫扎特没有埋在荒淫的维也纳,
他的坟墓就在布拉格,
在贝特辛山上。

"坟堆的一半已经塌陷,
年代实在太久。
谁也不知它在哪里。
人们脑子里装的不是十字架,
而是茉莉荆棘。
坟上开满蓝色的紫罗兰花,
四周围是
金子①铺盖着的草地……"

---

① 指开满草地的报春花(见下一首诗)。

## 四、旺盛的快板

他最后的一句话我已经没有听清,
随即睁开了眼睛;
我又将它紧紧闭上,
想继续漫游梦境。
可是啊徒劳,
凯鲁比尼已经一去不返,不见形影。

一大清早我便起床,
直奔贝特辛山。
鸟儿都已睡醒,
趁人们到来之前,
把歌儿唱完。
然而,椅子上的露珠,
还不曾被人碰过一下。

我轻易地找到了坟堆,
凭着紫罗兰花,
这些金灿灿的露珠,

属于娇小的报春花。

我用指头碰了碰青草,
又画了三个十字,
我们这里每逢向死者致意,
或者想对他们说点什么,
通常就是这样做的。

我明白了,为什么恋人们
偏偏这般地乐意
坐在近处的椅子上;
为什么这里的鸟儿
唱得如此欢快嘹亮。

山下,布拉格已经苏醒,
莫扎特曾将她深深爱上。
如同姣美的罗丽①躺在马哈的身边,
布拉格躺在
莫扎特的脚下。

---

① 捷克著名浪漫主义诗人马哈的恋人。

## 紫色的雨点

等到喝下第三杯,
这最满的一杯,
我的舌头上冒出一股
难忍的苦药味来;
葡萄酒带来的兴奋劲儿
像灯光一样
在我的血液里豁然打开。

我手托着前额,
肘膀支着写字台,
呼唤着诱人的拥抱,
还有那我一生中遇到的嘴唇。
此刻我固执地断定:
任何人也不能把我从这个沉寂的世界,
从这个谁也料不到
仅仅属于我的世界
夺去和拐走,

除非死神。

夜间,贝特辛山雪花纷飞,
第二天一早,
马哈①便望见
披着爱情轻纱的
雪白的玫瑰。
金属制的丁香奉献在诗人面前,
那束花儿却属于他的恋人
可怜的罗丽。
在我们面前也曾燃烧过稠密的时光,
冒过滚滚黑烟。
一片昏暗,生命曾低沉地隆隆作响,
仿佛一列地下火车。
那时,夜莺歌唱,炮火轰隆,
冬雪漫天飞扬。

然而,渴望无尽头,
有时,我也朝着

---

① 指布拉格贝特辛山上的捷克诗人马哈的雕像。

白色的雪花张望。
花儿属于相爱的眼睛,
属于甜蜜的嘴唇。
然而,雪花同样很快就会融化,
泪水滴滴落到地上。
但我抗拒死亡,
牢牢抓住桌子,
如同泰坦尼克船舶下沉时,
船上的旅客
痉挛地抓住栏杆不放。

如同我在梦中仍然聆听
紫色雨点的声响。

## 致弗拉吉米尔·霍兰*

有过这样的时刻：我内心深处
竟曾羡慕死去的人们。
仿佛他们的永逝
只不过是在惬意的安宁与毫无痛苦之中，
在残花铺盖的幽静角落里的
一种休憩……

然而哪怕只有一瞬间的愉快，
不管什么样的，
我都甘愿回到
我那日常的烦人琐事之中。

在我辈诗人中间，
数我寿命最长。
他们都是我的朋友。
到最后，霍兰也已经去世，

---

\* 弗拉吉米尔·霍兰（1905—1980），捷克诗人。

剩我孤独一人
我怎能不悲伤?!


第一个离去的是伊希·沃尔克[①]。
他年轻,离去匆忙。
啊,那些不幸的吻啊,
印在海滨疗养院[②]里
肺病姑娘们的
高烧的嘴唇上。


几年后,霍谢伊希[③]逝世,
我们中间他最年长。
拥挤的咖啡馆里的一张圆桌,
就是他写诗的地方。
仿佛军人刚下战场给恋人修书,
伏在翻过来的战鼓面上。

---

① 伊希·沃尔克(1900—1924),捷克诗人。
② 沃尔克死于肺结核,去世前曾在海滨疗养院疗养过。
③ 莫德希赫·霍谢伊希(1886—1941),捷克诗人。

约瑟夫·霍拉[①]在我们中间，

是唯一能与沙尔达[②]以"你我"相称的人。

当接枝果树开始吐艳，

你只管走进他的花园。

在阳光下盛开的迷人的果树花儿，

使整个苦杏园香遍。


我们心爱的伙伴哈拉斯[③]，

不曾道别就匆匆离去。

他曾渴望自己的诗句

像声声啼鸣传进人们的耳际，

然而，有时却不获允许。

他歌唱着，一直到死。


康士坦丁·皮布尔[④]

动作激烈，断然离开人世。

也许是爪哇姑娘的柔情

---

① 约瑟夫·霍拉（1891—1945），捷克诗人、小说家和文学评论家。
② 弗·哈·沙尔达（1867—1937），捷克著名文学评论家。
③ 弗·哈拉斯（1901—1949），捷克诗人、翻译家。
④ 康士坦丁·皮布尔（1898—1951），捷克诗人。

使他思念，愁苦。

她们美如鲜花，

踮着脚尖走路。

内兹瓦尔①亵渎过死神，

死神对他进行了报复。

他在复活节那天突然去世，

如同他自己预言的那般。

从此诗歌大树

折断了一枝粗干。

弗朗季谢·赫鲁宾②面对死神，

连气也不曾叹过一声。

最初我茫然不知

他从哪里找到了诗的旋律音韵。

他只是坐在萨瓦河边，

谛听微笑的水声。

---

① 维·内兹瓦尔（1900—1958），捷克著名诗人。曾与捷克汉学家合作，翻译毛泽东诗词。
② 弗朗季谢·赫鲁宾（1910—1971），捷克诗人、小说家、剧作家。

霍兰死得拖拉,
与我通话时,话筒常从手中掉下。
在这该死的小鸡笼里,
这个捷克人怀着蔑视的心情,
像扔一块带血的肉一样
扔出自己的诗歌,
连鸟儿都为之害怕,

死神想让他俯首恭顺,
什么恭顺?他从来不认。
直到最后的片刻,
他仍在激烈地与死神抗争。

在他昏迷不醒之时,
一直搀扶着他的天使,
坐在他的床边
失声痛哭。

## 春天的眩晕

我手里捏着礼帽,
踏遍布拉格的大街小巷,
抚摸着她的块块石头,
它们虽是那般粗硬,
诗人却将它们一一亲吻。

我一生酷爱布拉格,
如同我们所有的诗人
那般地爱她;
也许更甚,
因为我是一个不幸的人。

她常使我彻夜难眠。
我游遍了她各个漆黑的街角,
抚摸了她迷人之夜的
丝绸般柔软的黑暗静寂。
女性的秀发与甜美的茉莉

芳香四溢。

已是
一九八一年,
我流水般的年华匆匆飞逝。
我讴歌这座城市的诗
——我这般爱写的诗,
只剩几节,寥寥可数。

但我不会再将它们撕成碎片,
像我以往做过的那样,
为的只是用它们
去喂养主教堂门楣上
饥饿檐兽的喉嗓。
我的时光已经不多。
晚了,
这已是我最后的歌唱。

## 梦中的布拉格

我已经记不得是哪一年了,
管它巴黎不巴黎,
(反正它已挨过不止一次咒骂)
我拖着沉重的行李
匆忙返回了故乡。
我想念布拉格呀,
至死留在她的身旁。

布拉格朝我微笑,
我却在颤抖发慌,
仿佛一对情侣相逢,
急切地盼着拥抱。
在诺沃特纳小桥上,
老堤坝闹得我头脑昏涨。
我听着它哗哗的水声,
像是一首情歌。
这首歌莫扎特不曾写过,

柯赫尔①目录中也无法找到。

这是河水的创作,

在它冲洗这块土地的堤岸那时光。

夜间星星的瀑布

倾泻在这座沉睡的古城上。

有人却从我的背后

略带轻蔑的口吻说道:

"给他琵琶!

让他试着唱一唱!"

岁月阴霾而又艰辛,

可就在这每日的平凡中

闪现过伟大的生命。

它们曾熊熊燃烧,后又熄灭,

在悲恸哭泣的眼睛里。

---

① 柯赫尔(1800—1877),奥地利音乐史家,以编写莫扎特曲目著名。

随后，我便常同死者一道，
从沉寂的康班区①的
查理大桥，
一直走到切托夫卡磨坊那里。
磨轮空着转个不停，
碾研着死一般的静寂。

凡我所知有关死亡的事情，
都是弗拉吉米尔·霍兰
在他出殡以后对我说的。
他就住在离这几步远的地方，
对死亡了解得十分透彻，
到处充溢着死亡的气味。

我的生命消逝匆匆，
比那破碎瓶里的乙醚
挥发得更快。那又有什么？
我心情沉重，像老人们
通常那样惨淡。

---

① 布拉格老城区一地名。

夜里，我的忧心忡忡的梦啊，
总也不断。

从它们虚幻的外形
和捉摸不定的颜色中
突然有座城市出现在我的面前。
它忧伤而阴霾，
被四周的住宅群层层包围。
它们龇着满嘴利牙，
中间耸着高空建筑的
吓人的短剑。

这个晚上我梦见：
它们从四面八方挟住布拉格，
步步进逼到她的中心，
它们想要吞掉饥饿墙，
连同路边的栗子树；
再啃上几口多汁的草畦
和花圃。

只可惜这些亲切的小路啊，

双双情侣常在这里漫步，

亲亲昵昵，悄声细语。

尘雾落在

清新的绿草地上，

开满鲜花的老木兰树

低声叹息不止。

当人们开始爆破，

迅速摧毁瞭望台，

我连忙紧紧地闭上眼睛，

这曾是我爱情的见证。

我真不该把眼睛睁开！

当第一条街道悄悄爬向

维舍堡墓地①的

斯美塔纳②坟头，

从大教堂的屋顶上

---

① 布拉格的一座公墓，一些著名的捷克文化人都埋在那里。
② 贝·斯美塔纳（1824—1884），捷克著名音乐家。

飞出一群惨叫的公鸡,
落到河边某处的
灌木丛里。

沉睡者做梦,每次必醒,
但从来不是这般景象。
汽笛白费劲地哀号,
彩霞徒劳地燃烧,
如同被人乱踩的血泊,
遍布失事的地方。

最后,我还看到:
河面上浮着受惊的鱼儿,
河水一片乌黑,
如同最后审判的时刻。

# 附 录

# 授奖词

可以回顾一下雅罗斯拉夫·塞弗尔特六十多年的文学生涯（许多迹象表明它还要继续下去）。他几乎出版了三十部诗集，今天他居于自己国家的诗坛之首。他的同胞读他的诗，热爱他。他是一位民族诗人，既懂得如何对那些受过文化教育的人说话，也懂得如何对那些涉足他的作品但没进过多久学校的读者说话。

雅罗斯拉夫·塞弗尔特出生在布拉格郊外一个工人阶级居住区。他从未脱离过养育他的土地或是那些生活贫困、社会地位低下的人，他是在这些人中间成长起来的。年轻时，他信奉过社会主义革命，关于这个革命及其对未来做出的允诺，他写过诗篇，那种未来曾激起过许多他那一代年轻人的热情。他的诗清通、简洁、朴实无华，融进了民歌、平凡的谈话和日常生活的场景。他拒绝那种严肃的风格和早期的形式主义。他用词的特点是笔触轻盈，给人以感官快乐，有音乐性和韵律，那是一种有生气的独创性与怜悯，甚至悲怆互相交错着的幽然。他这些艺术特点一直延续至今。然而，他并非一个幼稚的艺术家，他是一个有着不寻常的广阔的文体领域的诗人。早年，他就与当代欧洲的现代主义有了接触，特别是法国的超现实主义及达达派。他还是一位韵律复杂和押韵传统诗歌形式的优秀大师。对于措辞激烈、有力的民歌和十四行诗高超的技巧,他都运用自如。

塞弗尔特不断发挥的创造性和奇异的风格的多面性及灵活性,在情感、洞察力和想象力上,有一种同样丰富的人类范围与之相匹配。他的感情移入和他的团结观念集中在人类的身上——是活着的,有感情的,工作着、创造着、苦恼着、微笑着、渴望着的人类——简而言之,是所有那些生活着的人,不管快乐与否,那种生活是一种冒险,一种经历。是人类创造了社会。国家是为人民的,而不是相反。在塞弗尔特的人生哲学里有一种无政府的成分——一种对于一切损害生活的可能性及把人类变成某种机器上的齿牙的事物的抗议。或许这听起来不关痛痒,但是塞弗尔特从来不是无关痛痒,甚至他年轻时的诗歌就意味着一种解放,一种对未来的执着的追求,那种未来会消灭战争、压迫和贫困,会把生活的欢乐和美给予那些至今几乎不曾享有过它们的人。诗歌和艺术可以帮助达到此目的。他的要求和希望具有青春时代的自信和光彩。在二十年代,这些希望似乎近于实现——先锋派文学和艺术与这些希望是一致的。但在三十年代和四十年代,地平线昏暗了。经济和政治的现实证明了不可能实现那些美丽的梦想。塞弗尔特的诗歌获得了新的特点——一种平静的调子,一种对他的祖国的历史及文化的回忆,一种对民族的同一性及保存了这种同一性的人们,特别是过去的作家和艺术家们的卫护。甚至单纯的个人经历和记忆都带有忧郁的色彩——人生虚幻,情感易变,逝去的童年和青年时代及爱情的短暂。但在塞弗尔特的作品中,一切都并非忧郁症和怀古之思——远远不是。他那具体和新鲜的感觉和意象继续在开花。他写出了一些最优美的爱情诗，他的名望日增。就在这个时期，他作为一个民族诗人的地位牢固地奠定了。他为人们深深地热爱是因为他诗歌那种异常的明晰、音乐性和感觉性，也是由于他那朴实无华但使人深深感到的与自己的祖国和人民融为一体。三十年代末和四十年代期间，捷克斯洛伐克陷入纳粹的奴役之中，雅罗斯拉夫·塞弗尔特投身到保卫祖国、保卫她的自由和过去的事业之中。他歌颂一九四五年的布拉格起义和自己祖国的解放。

在长期生病之后，他又继续勤奋地工作。如已经说过的，他在自己的祖国为人们深深热爱和尊敬，而且开始受到国际社会的承认，尽管他用一种在别国鲜为人知的语言写作是不利的。他的作品被翻译了，虽然他年事已高，但他仍被认为是当代一位重要的诗人。

今天，许多人认为雅罗斯拉夫·塞弗尔特就是捷克斯洛伐克诗人的化身。他代表着自由、热情和创造性，并被视为这个国家丰富的文化和传统在这一代人中的旗手。他歌颂鲜花盛开的布拉格和春天。他歌颂爱情，而且确实是我们时代中一位真正伟大的爱情诗人。温柔、忧愁、快感、幽默、欲望以及所有那些人们之间的爱产生的和含有的感情，都是那些诗的主题。他歌颂妇女们——年轻的姑娘、学生、无名氏、老年人、他的母亲和他最爱的人。对他来说，女人是实际上的神话人物，是一个女神，她代表着所有那些反对男人们骄横与渴望权力的人。尽管如此，她从来没变成一种抽象的象征，而是活生生地出现在诗人那生气勃勃而且非同寻常的语言艺术之中。

瑞典皇家科学院深感遗憾的是雅罗斯拉夫·塞弗尔特先生今天不

能到场[①]。我们同意让他的女儿杨·热娜·塞弗尔特女士作为他的代表。现在,我请您,塞弗尔特女士向塞弗尔特先生转达我们最热烈的祝贺,并请您从国王陛下手中接过授予您父亲的本年度诺贝尔文学奖。

瑞典文学院　拉尔斯·吉伦斯顿

（任吉生　译）

---

[①]　诗人获奖时,已在医院卧病不起。

## 悼词·唁函

捷克斯洛伐克文学失去了一位杰出的创作家。他在自己一生浩繁的诗歌著作中表现了对祖国的热烈的爱和与人民的亲密关系。作为一位艺术家，他以自己的创作站在劳动者为争取和平、进步与社会正义的一边。他所创造的财富将成为我国与世界文学中永恒的组成部分。

> ——摘自捷克斯洛伐克社会主义共和国总统
> 胡萨克就塞弗尔特逝世致捷克斯洛伐克
> 文化部的吊唁信
> 一九八六年一月

雅·塞弗尔特是我国读者热爱的一位创作家。几乎我们每一个家庭的书房里都有塞弗尔特的诗集……雅罗斯拉夫·塞弗尔特的逝世使我们失去了最伟大的捷克诗人中的一位，他在生前就已成为一位民族的经典作家。

> ——摘自捷克斯洛伐克社会主义共和国文化
> 部致塞弗尔特的悼词
> 一九八六年一月

## "我为能够感到自由而写作"

——塞弗尔特获奖后的一次谈话*

**问**：您认为诗的使命是什么？诗应该是思想性的，还是艺术性的，抑或是别的？

**答**：诗既不应该是思想性的，也不应该是艺术性的，它首先应该是诗。就是说诗应该具有某种直觉的成分，能触及人类情感最深奥的部位和他们生活中最微妙之处。

太讲艺术性，会导致矫揉造作，而另一方面，太讲思想性，又会失于浮浅，与诗无缘。各色各样的思想毕竟太实际，太实用了。它们源于这个世界，又运用于种种利益和冲突。然而，诗又不能完全没有思想性。它在诗中被运用于另一方面了。

作为诗人，就是要采取一种态度：对某件事是拥护还是反对。这就是思想性，至少我是这样认为的。

**问**：您是否想在诗中表现出捷克民族的某些特点，您的诗里有这

---

\* 原载瑞典《每日新闻》。这是诗人获诺贝尔文学奖后对一家西方报纸发表的唯一一次谈话。

些特点吗？您的诗里有没有捷克语的语调？表现在哪里？

答：不错，是某些东西把我和我们的诗歌传统连在一起。不过很显然，我并不是能够最清楚地看到这些东西并对此加以评论的人。

但是，我所自觉运用的，即你所说的调子，是捷克语的音律——我们那歌唱般的音律。这种语音的音律在我的诗中起着重要作用。也许，我的诗难译之处就在这里。

我所运用的带音律的成分，尤有很多东西是和诗与民歌相一致的。我所努力为之的就是使它们更具风格，更加抽象化，从中找出我自己的格调。

问：您的诗常叫人们感到有某种即兴的成分，您试图达到什么效果呢？

答：即兴创作给诗带来宁静和淡漠。它是有意识的，使我能给诗赋予某些游戏的，有时甚至是幽默的成分。我是热衷于即兴创作的。我并不想反对它，相反，我把它看作一种偶然。

有时，是某个韵脚给了我即兴创作的可能。有时，又是一种联想，一种毫不重要的联想使然。这些连续出现的思想，就是某一长期构思和某一经验积累的结果。

每当我写诗，头一句总是最重要的一句，是全诗的关键和中心。但显然，这一点并不是我首先发现的。对大多数诗人这都是重要的。

问：您是否曾努力将您的诗与分析和理论相结合？我首先想知道，您是否受过布拉格学派及其倡导的结构理论的影响？

答：不，我的诗丝毫没有受到这种影响。我认识罗曼·雅各布森①，至今还对他保持着热情的回忆。但我从不关心文学理论，它讲的是应该怎样接触诗和翻译诗。结构主义并非一种写作理论，也并不构成一种美学。相反，在我年轻时对我产生过影响的是法国现代诗，阿波里奈尔、魏尔仑、特扎拉②等人。

问：您曾说过诗人应该是民族的良知。这话怎么解释？

答：这就是说每一个诗人都应该听从自己发自内心的声音，不要说假话。您刚才提到的那句话，是我在1956年作家大会召开时说的。显然，诗人和作家，当他们用语言创作时，应该比画家和音乐家更多地运用真理，而且是一种藏在表皮下面又超出表象之上的真理。

再说，作家的话往往被公众接受和信赖。读者确想相信自己将会获得新的经验。他们想方设法地进入作家的话中。他们希望在文学中找到自身经验的表现，而且希望看到这种经验为艺术家和诗所丰富、规定和表达，从而使之具有新的价值。

我希望把这种愿望扩展到一切涉及真理的事情上去。干脆一点说就是：每个人的生活和行为都应该对自己负责，对孩子们和社会负责。

---

① 罗曼·雅各布森（Roman JaKobson），俄国语言学家。1896年生于莫斯科。音位学的创始人之一。著有《普通语言学笔记》。
② 特扎拉（Tzara, 1896—1963），达达主义创始人之一。

每个人都应该看到自己生活在某个历史背景中,应作为一个对历史负责的人那样生活。

这不仅对于作家和诗人是实在的,对一切知识分子都是实在的。我们的生活应该与我们认识的现实、我们凭心发现的现实相一致:不要靠谎言生活。

"逃避现实,于诗人无益。"

**问**:近年来,你的诗有所变化吗?

**答**:是的。直到第二次世界大战结束为止,我都是写押韵的诗。我用复杂和成组的形式进行表达,写过一些回旋诗①和十四行诗。尽管形式是古典的,但我的人生经验却是来自我生活着的那个时代,感情也刚好是那个时候的产物。战后,得了一场大病之后,我才摆脱了那种严格的形式,开始写自由诗。当我意识到这不过是个技巧问题时,我决定不停地写押韵诗。

比方说,如果把我的诗与诗人威尔特·威特门的自由诗做个比较的话,我的诗之不同于他的诗,就在于我的诗形式上更加浓缩。我的诗的段落更加紧凑,语言更加日常化。在我的诗里,没有那种深长的呼吸,我的诗句也不那么讲究修辞和哀婉动人。我的诗的主题也完全不一样。

**问**:官方有人对您有不少指摘,特别是指摘您主观,是悲观主义者。

---

① 十六世纪流行的诗体,通常为十三行。

**答**：不错，这些指摘时有发生。早在五十年代，就有人给我扣上了这些帽子。后来在七十年代，当我国严格地定下了乐观主义的调子的时候，又是这样。

我出身于无产阶级，因此我长期被看作无产阶级诗人。不过，当人老了的时候，还会发现其他的社会准则和其他的世界。对于我，那就是说，我发现了感觉主义。但我看不出这里面有任何悲观主义的成分。

**问**：您在写作时，感到自由吗？

**答**：我在写作时并不觉得自由，不过我是为感到自由而写作的。一切语言活动都可以被看成一种为达到自由、为感到自由的欢乐和感觉主义而做的努力。人们在语言中寻找的就是最基本的自由——能够道出自己最隐秘的思想的自由。这是一切自由的基础。在社会生活里，它最终要形成一种政治上的自由。

每当我写作时，我都努力做到不说假话，——这就够了。如果我们不能把真理说出，那就沉默好了，但不要说谎。

**问**：诗是否能够赋予我们以人生范围内最完全的图景？它是否因此而高于其他认识形式，比如宗教或科学什么的？

**答**：作为诗人，我可以说，诗，也只有诗，才具有必要技巧，使人能够描绘出我们的人生经验。诗穿过人类的声音跟我们讲话这个事实，已经使它个别地、直接地同我们接触，使我们感到，我们的全部生命尽包括在那里了。

但是，这并不是说，诗人可以听任自己完全地钻进自己的通感之中，隔绝于其他知识和其他价值。

我同意我们的大文学批评家 F.X. 萨尔达的观点。他认为，诗人和作家也应该涉猎跟他们完全无缘的领域。应该认识各门科学所发现的新问题，使之成为自己精神生活不可缺少的部分并有助于人生经验的丰富。

逃避具体事物和当前的现实，无助于诗人。那会使他自己的人生变得不真实和不自然。如果他用这种形式建立一个否认他的实际生活的世界，他就永远不能表达现实。

王自重译

# 世间万般美 *

## 向往·回忆·生活的乐观主义

我母亲常说，年轻人爱向往，老年人只是回忆回忆而已。若是这样可真意味着悲惨的结局，可就会陷入绝望之中。我认为，每一个老人都在向往，向往能减弱时间的冲击，给人以力量，和略微地，也只是略微地使人变得年轻。

据说，年轻人喜爱向往，老年人喜爱回忆，但这不是一些跟在老年人身后曳足而行的、多愁善感的温情回忆。老年人也爱向往，老年人向往心情之强烈，准会使你感到吃惊。当然，他们的向往也常常是徒劳的。

生活若无回忆，那它将是空虚和毫无乐趣的。

我们在一生中经过一次又一次的失望。我们若向自己否认这些，不在人家面前谈及这些，这就叫作生活的乐观主义，这从孩提时代起

---

* 《世间万般美》(1982) 是塞弗尔特的散文集，这里摘译一部分。

就已经开始，一直持续到生命的终点。

有人欣然地坚持说，他们已经对自己的衰老妥协。我知道，这是比较现实的，然而，我并不相信他们做得到这一点。另一些人又想开导我们说，他们无论如何不愿再当青年人。撒谎！假如生命能像录音磁带一样往回倒转，那每一个人都会怀着多大的喜悦回到那青年时代里的哪怕是并不舒心的烦恼中去啊！

## 诗歌万岁！

诗是穿上了词句的美和穿上了美的词句。

世间的一切并非都那么美好，然而诗人所挑选的那些却能长久地存在，至少直到他所写的诗歌还活着的时候为止。

诗歌万岁！

我相信，可是更直率地说，更确切地说，我只是认为：一般所说的诗是一个伟大的秘密。每个诗人——虽然各不相同，都从中或多或少揭示出点什么，然后搁下笔来，或"砰"的一声合上打字机，沉思着，到晚上死去。

诗人必须试着使读者无法摆脱你的诗句，使他忘不掉它们，至少伴随它们走掉一小段人生的路程。

在战争后期，我出版了一本小诗集，我给它取名《石桥》。

哈拉斯[①]读完这本集子之后，皱着眉头对我说："它倒是挺美的，我喜欢它。可是我想，在今天，诗歌似乎不该唱得甜美醉人，在今天这样的时刻，诗歌应该像秋天的狂风一样哀号，像挣脱锁链的狗一样狂吠，像猛禽一样吼叫。"他可能说得对。

然而，我却不会。

《无线电波》作为我早期创作的一本诗集明显地倾向新的艺术流派。不仅它的作者，而且负责它的印刷装帧的泰格都竭尽全力让诗歌主义在它的每一页上大喊大叫，并带有煽动性。从诗歌的角度来看，它不仅是对严肃诗歌的一个小小的叛逆，而且还有一些面目全非的马哈[②]式的诗句：

脸上一丝淡淡的忧愁，

心底装着微笑与欢乐。

大约在二十年前我出版了一本诗集。我花了好长一段时间为它寻找书名。拉吉斯拉夫·费卡尔读过我的手稿之后，在封面上写了一个极普通的词儿：妈妈。于是这本书便用《妈妈》这个书名出版了。我深信，与其说是文学价值，不如说是这个书名使它获得了成功。人们都这么猜测：我在诗中写了一个同我的母亲相似的形象。是这样，的确是这样。

---

[①] 弗·哈拉斯（1901—1949），捷克诗人。
[②] 卡·希·马哈（1810—1836），捷克著名的浪漫主义诗人。

有一位评论家在写到《披着光明》这本书时，责备我在诗歌中只描写了布拉格的历史美，而对曾经住着布拉格贫民、工厂林立的无产阶级城郊区却不予顾盼。这种责备无论在过去和现在都不符合事实，我必须为自己辩护。我出生在日什科夫，这个美丽如画的城郊区过去和现在都带着它的全部欢乐和忧愁活在我的心中。即使有人将我的眼睛蒙住，领着我从卡拉洛夫·维诺堡走到日什科夫，我都能准确无误地说出它们的地界，我对它的街道的气氛非常熟悉，我的脚能探出它的人行道以及在没有修建房屋的空地上与公园里的每一条路。当然，我并不想做一番自我鉴定和评价，但是无产阶级世界一如往昔地存在于我的诗歌之中，同时，我也可以描绘加冕大典上的珠光宝气。

前些日子，有位评论家指责我说：在我的诗歌里常常翻来覆去地描写扇子。可他忘了提紫罗兰。紫罗兰在我的诗中也曾无数次地出现。请原谅我，扇子与紫罗兰从我孩提时代起就有着决定命运的意义，我喜欢它们。

## 离开音乐，我无法想象
### 自己的生活会是个什么样子

对，我们现在在谈论音乐。也许我只是跟自己说说，在心里说说，不让任何人听见，这样可能更好些。我简直像个蓬头垢面的野人来到音乐世界。我看起贝多芬的交响乐总谱来就像一个文盲读普鲁斯特[1]的小说。

但我不是个伪君子,所以在音乐会上,我并不闭上眼睛来装着倾耳聆听的样子,也不用手支撑着脑袋。在演奏音乐时,我喜欢观察包厢和座位上那些美丽而有趣的女性。但我也在全神贯注、入迷地听着。离开音乐我无法想象自己的生活会是个什么样子。

我没有什么音乐修养,但我离开音乐可能会生活得很贫乏。我必须有它,我必须每天都听到它,我对它几乎不知饱腻。

卡雷尔·恰佩克[2]曾经有一次对我说过,我记得他还在什么地方写到过:他常常边听着唱片轻声地放送出的音乐边写作。我也试过,可是音乐常把我吸引过去,钢笔水也干掉了。

我终于看到了《被出卖的新嫁娘》。我长久地、深深地汲饮着这口十分清甜的捷克水井里的水,我从这个歌剧中学习了热爱这片土地、这里的人民和它的艺术。

我欢喜苏克[3]和马尔丁努[4]。巴维尔·博什科维茨[5]有点倾向于我们这一代人,尽管他年龄比我们大些,奥内盖尔[6]使我震惊,巴尔

---

[1] 普鲁斯特(1871—1922),法国小说家。代表作有《追忆逝水年华》,主要反映法国贵族沙龙的生活,描写主人公的潜意识活动。
[2] 卡雷尔·恰佩克(1890—1938),捷克作家。
[3] 瓦·苏克(1861—1933),捷克小提琴家、作曲家和指挥。代表作为《森林的主人》。
[4] 博·马尔丁努(1890—1959),捷克作曲家,20世纪捷克音乐的杰出代表。1923—1940年侨居法国。
[5] 巴维尔·博什科维茨,捷克音乐家。
[6] 阿·奥内盖尔(1892—1955),法国作曲家。

多克①使我激动,辛德米什②使我感到刺激,然而我却爱着,深深地爱着莫扎特。

## 我对鸟儿的歌声
## 远比对军歌要喜爱

我不曾入过伍。我对鸟儿的歌声远比对军歌要喜爱。

在这些年月——我指的是战争时期,这个国家的日子很不好过。仿佛泉水变苦了,井水失去了清甜味儿,连鸟儿的叫声也变得惶惑不安,也许我们根本就听不到鸟叫。生活蜷缩在昏暗的窗后,恋人们接吻也感到羞怯,仿佛嘴贴近嘴这一两情相依的温柔象征也已不属于生活和爱情,有时只意味着永别。生活变得令人沮丧、苦涩,越来越沉重。

我从来没有渴望过武器。当兵的行当对我来说是陌生的。我不曾在军队里待过,没有学过杀人,我也不属于那些只把这个当作英雄行为的人。然而,我却经历过这样的片刻:我真心羡慕那些及时避开了灾难,手里握着武器的人。当他们能够紧握手中枪时,这对他们是多么伟大的瞬间啊!这就是希望和保障,就是在这没有武器就会产生绝望感的艰难岁月里的自由的翅膀。

---

① 贝·巴尔多克(1881—1945),匈牙利作曲家、钢琴家。
② 巴·辛德米什(1895—1963),德国作曲家。

# 塞弗尔特生平与创作年表

1901年

9月23日生于布拉格城郊区日什科夫一个工人家庭里。

此后，便在这里上小学、中学。中学尚未毕业，便开始从事新闻与文学事业。

1920年

从这一年，即十九岁起，便开始为《人民权利》《六月》《树干》等报纸杂志撰稿。除诗歌之外，还写关于文学、戏剧、电影和美术的评论文章、小品杂文及简讯短评，并在《红色权利》报社担任编辑工作。

与泰格和内兹瓦尔等先锋派青年文艺工作者创立"旋覆花"社。

1921年

离开布拉格，到布尔诺担任《平等》报的编辑。

同年，他的处女作《泪城》诗集出版。

1922 年

与"旋覆花"社成员创办同名刊物。与捷克诗人诺伊曼共同选编革命诗歌集《共产主义的夜晚》。

从这一年起一直到 1924 年在共产主义讽刺杂志《野人》任编辑。

1923 年

与"旋覆花"社成员创办该社国际评论期刊《铁饼》。第二本诗集《全是爱》出版。

同年,赴法国、瑞士访问。

从这一年一直到 1927 年在布拉格的"共产主义书店和出版社"任编辑。

1924 年

在《客人》杂志担任短时期的编辑。编辑出版了"旋覆花"社的《地带》杂志。

1925 年

随文化代表团访问苏联。

《无线电波》诗集出版。

翻译了法国诗人阿波利奈尔的《被杀害的诗人》。

1926 年

诗集《夜莺唱得真难听》出版。

1927年

从这一年起到1929年担任《反光镜》半月画刊主编。

1928年

与诗人霍拉合作，整理出版了捷克诗人诺伊曼的《诗选》。

1929年

因与七名捷克作家共同签字反对以哥特瓦尔德为首的捷共领导而被开除出党。

同年，他创作的诗集《信鸽》与小品文集《极乐园上空的星星》出版。

1930年

在戏剧月刊《新舞台》任主编。

1931年

从这一年起至1933年，在《五彩花》周刊画报任编辑。

1933年

诗集《裙兜里的苹果》出版。

从这年起直到1939年，在社会民主党办的《晨报》社任编辑。

1934 年

从这一年到 1935 年,后又从 1937 年到 1938 年,编选出版了《树干文艺作品选集》。

1936 年

《维纳斯的手》诗选出版,并获国家奖金。

1937 年

《别了,春天》诗集出版。整理出版了《致卡雷尔·托曼》诗歌小册子。

同年,发表《八天》和《捷克的秋天》组诗。

1938 年

他的《无线电波》经删节改名为《蜜月行》,再次出版。

同年,他创作的《披着光明》诗集出版。由他编选的捷克诗人哈列克的《诗选》出版。

1942 年

他的《裙兜里的苹果》经补充再版。

1943 年

由他编选的捷克童话选《有魔力的路灯》出版。

同年发表《手与火焰》。

**1944 年**

他创作的诗集《石桥》出版。

《裙兜里的苹果》再版。

**1945 年**

由《把灯熄掉》《八天》和后来创作的《敞开怀抱》合并而成的《泥盔》出版。

自当年 5 月 5 日起一直到 1949 年担任《劳动》报编辑。

**1946 年**

从这一年至 1948 年同时主编文学月刊《花束》。

由他选编的《人民大厦的五月》出版。

**1947 年**

《裙兜里的苹果》再版。

**1948 年**

《手与火焰》经补充再版。

由他编辑整理的《遥远的克里姆林宫之墙》出版。

**1949 年**

他创作的《穷画家到世间》诗集出版。

1953 年

由他整理编辑的捷克诗人弗尔赫利茨基诗集《老爷的笛子》出版。

1954 年

他创作的诗集《妈妈》出版。该诗集获得国家奖。

1955 年

由他编选的《诺伊曼诗选》出版。

1956 年

他创作的《少年与星星》诗集出版。

1961 年

由他整理编辑的弗尔赫利茨基的诗集《地上的虹》出版。

1962 年

由他选编的《关于布拉格的诗歌》出版。

1965 年

他创作的《岛上音乐会》诗集出版。

1967 年

获"人民艺术家"称号。

他创作的《钟的铸造》诗集出版。

1979 年

他创作的《皮卡迪利的伞》诗集出版。

1982 年

回忆录《世间万般美》出版。同年，由他用自己的风格和语言重写的、原由鲍·聂姆佐娃收集整理的斯洛伐克童话集《玛胡莱娜·美仙女》出版。

1983 年

他最后的一本诗集《身为诗人》出版。

1984 年

获诺贝尔文学奖。

1986 年

1 月 10 日于布拉格逝世。

# 再版后记

我已经83岁了,虽然经常被女儿和好友们戏称是个"老小孩",可我毕竟已是一个走路不稳、气喘吁吁、浑身关节疼痛的老人了,记忆力大不如前,对我几十年前的捷克文学翻译内容也已有些印象模糊。前几天,一听漓江出版社想要再版塞弗尔特的《紫罗兰》,我既高兴又有些紧张,连忙把我在1986年出版的老版看了一遍,真有一种遇见了一位似曾相识,可又叫不出名字来的老友的感觉。费了好大的劲,才慢慢地捡起了一些对我30多年前译编的《紫罗兰》诗集的记忆来。

实话实说,对我这个性格上大大咧咧、没心没肺,又欠缺诗意与柔情的人来说,翻译类似《好兵帅克历险记》,或儿童文学《黑猫历险记》之类的作品,相对地比较顺手。《好兵帅克历险记》就是我最早的一部译作,接着来的也都是些小说、散文之类的,可我后来怎么又译起诗歌来了呢,而且译的还是被公认为捷克著名的民族诗人塞弗尔特?仔细想来,还是因为他的许多诗篇的思想情怀、意境和时代背景等,都自然而然引起了我的联想与共鸣,确实让我深深感动。对他的起步诗集《泪城》(1921),以及他后来创作的许多诗集中的诗篇,我都非常喜欢,并产生了翻译的冲动。塞弗尔特诗集中的许多诗篇,表达了捷克遭遇列强侵略、占领,老百姓受尽奥匈帝国、德国法西斯的非人压迫的痛苦与愤恨,以及他们对光明幸福前景的向往与信心,这一切让我情不自禁地联想起了我自己童年时代的经历：在我念小学的时候，日本鬼子打到了我们湖南湘乡。我们那里的每个村子每天都得派一个村民去到隐蔽的哨所棚里瞭望，他只要一发现鬼子的队伍出现在那条离咱村不远的公路上，便立即通知全村村民，随即，各家老少便拖儿带女，提着只兜了一点儿可怜家当的布包，逃到离家十几里路以外的小山沟沟里去避难，免遭俘虏或屠杀之灾。等到鬼子扫荡离去后，我们才回到家里，一看家中的情形真是惨不忍睹：鸡鸭等家禽被鬼子抢光，没来得及跑掉的老弱病残者被杀戮……

细想起来，《紫罗兰》中我最喜欢的还是一头一尾的两部诗集：一部是开头的《泪城》，我已经说过了；另一部就是1954年出版的《妈妈》。至于《妈妈》这一部诗集，诗人没有借用任何新奇想象或华丽辞藻来歌颂母亲，而是用最朴素的日常用语为我们描述了一位再普通不过的、贴心而质朴可亲的妈妈。对于我这个曾经不到三岁，生母就病故的孩子来说，细细读着塞弗尔特的《妈妈》，就仿佛遇到了自己日夜思念的亲娘，忍不住流下了眼泪，但这泪水是温暖的。我要衷心地感谢诗人的这一诗集，对读者所奉献出的这份极其暖心的母爱。

与此同时，塞弗尔特的诗歌中，也从来不缺少柔情而温暖的爱情描绘。在《罪恶的城市》一诗里，我们看到的景象是：

"它的累累罪恶使上帝的愤怒超过了极限，

他大发雷霆，

下了一百次决心要对它进行报复。

他降下夹着炸雷的暴雨和烈火……"

可是上帝并没有报复，因为他看到了：

"一对恋人走过春天的果园，

饱吸着山楂花的馨香清甜。"

显然是美好的爱情，使上帝心软了。在塞弗尔特的诗歌中，就这样再明显不过地表露出温情,爱情的力量绝对胜于愤怒。

《紫罗兰》诗集的中译本,虽于1986年才出版,可我其实在"文化大革命"后期,在我们的单位对外文委被撤销,全体工作人员通通去到五七干校期间就已开始翻译。那时我们白天要劳动,开会学习,我译书也只能在晚上休息的时间悄悄地译上一点儿,因为担心有人批评我"不重视思想锻炼""只专不红"。幸好有周总理高瞻远瞩,对外语干部发表了一项指示说:"每个外文干部每天至少要腾出两个小时来复习外语,千万不能把外文丢了。"有了总理这一指示,我们便不再担心有人会来扣"只专不红"的帽子。在白天政治学习开会与劳动之余,也敢拿出外文书籍来阅读和翻译。记得那时我不到十岁的大女儿也由我带着到了干校,在当地的农村小学上学,放学回家后便和我们一起下地干点轻活儿,光着脚在泥地里跑来跑去,好不痛快。在我的记忆中总是有这么一幅画面:夜晚,我在伏案看书和翻译,大女儿或挤在桌子的一角写作业,我们两人安安静静,各干各的;或疯了一天,她已经累得精疲力竭,早早进入梦乡,发出轻轻的鼾声。现在回想起来,那段时光对我这个在农村长大的孩子来说,倒是充满了乐趣,一点儿也不觉得苦。到"文革"结束、五七干校停办时,我们全体工作人员,便又回到原工作单位上班。只是那时我们国家还没怎么出版新书,但我当时坚信,将来肯定要出的。事实果真如此:我的第一批译作《好兵帅克历险记》等便于80年代陆续出版了。等到后来国家正式成立了出版局,出版工作便发展得更快了,在我们捷克语同行的兄弟姐妹,如杨乐云、万世荣、陈韫宁、蒋承俊、李梅等许多好友的共同努力下,许多捷克著名作家如恰佩克、哈谢克、赫拉巴尔、伊万·克里曼等的优秀作品的中译本便都纷纷问世,出现了一片繁荣景象。如今我们这一批人已渐渐老去,但年轻有为的捷克翻译工作者队伍正在飞速壮大,令人无比欣慰。

如今塞弗尔特的《紫罗兰》行将再版。作为这部诗集的译者，我除了高兴之外，更是满怀感恩的心情，真心感谢漓江出版社的新老编辑朋友们辛勤的劳动，感谢他们让我在有生之年里又一次看到塞弗尔特这部诗集的出版，让我国读者有更多机会了解捷克优秀的文学作品，从而进一步加深中捷两国人民彼此间的友谊。

　　借此机会，我还要特别感谢我不久前去世的先生白崇礼，无论我翻译什么作品，他都会身体力行地支持我：从讨论选题、内容，到具体一个字、一个词的运用，他都会认真诚恳地给予意见。为了《紫罗兰》这本诗集的美观，他还特意画了有捷克味道的小插画，放在诗后的空白处，我也非常喜欢。《紫罗兰》也算得上是我们共同走过的岁月的一个纪念吧。

译者　星灿<br>2020 年 6 月 28 日

# 新版编辑后记

塞弗尔特1984年获得诺贝尔文学奖后，我社即约请劳白、星灿贤伉俪予以翻译介绍，并于1986年出版《紫罗兰》一书，掐指算来已逾三十年。2018年我社决定重做此书，收入"诺贝尔文学奖作家文集"，经由《世界文学》主编高兴先生牵线，结识了远在布拉格的徐晖先生，得以联系上塞弗尔特的版权归属公司，最终敲定合作事宜。

此次新版《紫罗兰》，比较重要的内容是，确定全书所收诗歌的捷克语目录，由捷克著名汉学家、中国文学翻译家李素女士进行权威甄别。李素女士极其认真与负责，一一核对诗作的发表时间，发现并纠正了一些疏漏，比如《少年与星星》，她查到的发表时间是1956年，而1986年漓江版标明的是1949年。通过与译者沟通，最终确定为1956年。

接下来是与译者重签翻译合同，劳白先生已于前些年故去，星灿先生年事已高，现居加拿大，幸好有女儿白漓文女士陪伴，在白女士的协助下，合同得以顺利签署。新版与"诺贝尔文学奖作家文集"的其他品种，有一点不同之处，即诗作末尾配有尾花，这是劳白先生当年专门绘制的，保留旧版的尾花，也是对劳白先生表示纪念与敬意。

2021年，绝版多年的《紫罗兰》经典译本，将以全新面貌呈现给读者，相信会得到读书界的欢迎。在此我们谨向高兴先生、徐晖先生、李素女士、白漓文女士，以及提供了其他相关帮助的人士致以诚挚的谢意。

漓江出版社中外文学编辑部

诺贝尔文学奖作家文集 · 福克纳卷 · 路易斯卷

漓江的书，买了再说！

**寓言**
［美］威廉·福克纳／著
王国平／译
定价：50.00元

**水泽女神之歌**
——福克纳早期散文、诗歌与插图
［美］威廉·福克纳／著
王冠 远洋／译
定价：30.00元

**士兵的报酬**
［美］威廉·福克纳／著
一熙／译
定价：45.00元

**押沙龙，押沙龙！**
［美］威廉·福克纳／著
李文俊／译

即将上市

**喧哗与骚动**
［美］威廉·福克纳／著
李文俊／译
定价：46.00元

**我弥留之际**
［美］威廉·福克纳／著
李文俊／译
定价：38.00元

**大街**
［美］辛克莱·路易斯／著
顾奎／译
定价：55.00元

**巴比特**
［美］辛克莱·路易斯／著
潘庆舲 姚祖培／译
定价：50.00元

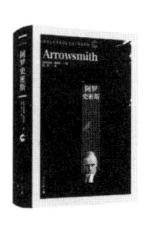

**阿罗史密斯**
［美］辛克莱·路易斯／著
顾奎／译
定价：78.00元

# 诺贝尔文学奖作家文集

## 加缪卷 · 泰戈尔卷

**鼠疫**
[法] 阿尔贝·加缪 / 著
李玉民 / 译
定价:48.00元

**局外人**
[法] 阿尔贝·加缪 / 著
李玉民 / 译
定价:45.00元

**第一人**
[法] 阿尔贝·加缪 / 著
李玉民 / 译
定价:48.00元

**卡利古拉**
[法] 阿尔贝·加缪 / 著
李玉民 / 译
定价:50.00元

**西绪福斯神话——论荒诞**
[法] 阿尔贝·加缪 / 著
李玉民 / 译
定价:35.00元

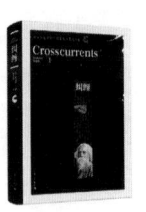

漓江的书,买了再说!

**纠缠**
[印] 泰戈尔 / 著
倪培耕 / 译
定价:48.00元

**沉船**
[印] 泰戈尔 / 著
杉仁 / 译
定价:53.00元

**泡影**
——泰戈尔短篇小说选
[印] 泰戈尔 / 著
倪培耕 / 译
定价:58.00元

诺贝尔文学奖作家文集 ⊙ 普吕多姆卷·黛莱达卷·米斯特拉尔卷

漓江的书，买了再说！

**枉然的柔情**
［法］苏利·普吕多姆／著
胡小跃／译
定价：50.00元

**邪恶之路**
［意］格拉齐娅·黛莱达／著
黄文捷／译
定价：50.00元

即将上市

**风中芦苇**
［意］格拉齐娅·黛莱达／著
蔡蓉 吕同六／译

**柔情**
［智］加布列拉·米斯特拉尔／著
赵振江／译
定价：50.00元

**爱情书简**
［智］加布列拉·米斯特拉尔／著
段若川／译
定价：30.00元

# 诺贝尔文学奖作家文集 ⊙ 纪德卷·丘吉尔卷

漓江的书，买了再说！

**背德者·窄门**
［法］纪德／著
李玉民／译
定价：46.00元

**伊恩·汉密尔顿行军记**
［英］温斯顿·丘吉尔／著
刘勇军／译
定价：48.00元

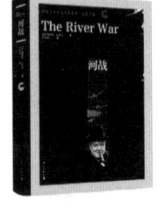

**河战**
［英］温斯顿·丘吉尔／著
王冬冬／译
定价：60.00元

**从伦敦，经比勒陀利亚，到莱迪史密斯**
［英］温斯顿·丘吉尔／著
张明林／译
定价：50.00元

**我的非洲之旅**
［英］温斯顿·丘吉尔／著
张明林／译
定价：42.00元